# FRAUEN, DIE BEIM LACHEN STERBEN

Bibliografische Information der Deutschen Nationalbibliothek

Die Deutsche Nationalbibliothek verzeichnet diese Publikation in der Deutschen Nationalbibliografie; detaillierte bibliografische Daten sind im Internet über http://dnb.dnb.de abrufbar.


Umschlagabbildung: Lovers Eyes 1840, Metropolitan Museum of Art
Umschlaggestaltung: BoutiqueBrutal.com
Druck und Bindung: GGP Media GmbH, Pößneck
ISBN 978-3-99027-292-3

MIX
Papier | Fördert gute Waldnutzung
FSC® C014496
www.fsc.org

ALEXANDRA STAHL

# Frauen, die beim Lachen sterben

Roman

JUNG UND JUNG

Im modernen Leben herrscht »immer der Verdacht (...) dass das eigene Leben eine Lüge oder ein Fehler ist; dass etwas Entscheidendes übersehen wurde, verpasst, vernachlässigt, nicht ausprobiert oder erforscht; dass eine wesentliche Verpflichtung dem eigenen authentischen Ich gegenüber nicht eingehalten wurde oder dass Gelegenheiten zu einem unbekannten Glück, das ganz anders ist als alles Glück, das wir bisher erlebt haben, nicht rechtzeitig aufgegriffen wurden und für immer verloren sein werden, wenn wir sie weiterhin ignorieren.«

*Zygmunt Bauman*

Erzählen heißt immer lügen,
und wer am besten lügt, erzählt am besten.

*Domenico Starnone*

# 1

Die Katzen hatten alle Durchfall. Und eine hinkte. Es waren fünf Stück, rot-weiß getigert, alle noch klein. Ich konnte sie nicht auseinanderhalten, nur die mit dem verletzten Hinterbein stach heraus. Ich roch diese kleinen Katzen immer schon, bevor ich sie sah. Sie hatten verklebte Schwänze vom Durchfall, den sie in hellbraunen Schlieren über den Terrassenboden verteilten und auf die Decken und Kissen der Sitzmöbel vor den Ferienwohnungen schmierten. Aber hätte ich nicht gleich am ersten Abend die Hinkende dabei beobachtet, wie sie ihr Hinterteil über den Boden vor meinem Appartement schleifte, ich hätte die Flecken nicht gesehen.

Eigentlich hatte ich nur eine Woche bleiben wollen, eine Woche, um herauszufinden, wie ich weitermachen würde. Dann waren aus dieser Woche fast drei Monate geworden, erst zu Silvester buchte ich einen neuen Flug. Mir schien es plötzlich kein gutes Zeichen zu sein, mit diesen Katzen das nächste Jahr zu beginnen, mit diesen unglückseligen Geschöpfen, die ja doch keiner haben wollte. Es waren einfach zu viele.

Ich war vor dieser Reise nie in Griechenland gewesen, ich hatte mich für Griechenland entschieden, weil ich an einen Ort fahren wollte, mit dem mich nichts verband, keine Erinnerung, keine Sehnsucht.

Außerdem hatte mir Ela die Unterkunft empfohlen. Wobei *empfohlen* nach einem Tipp klingt, richtiger wäre es zu sagen, dass Ela mir die Unterkunft *be*fohlen hatte. Schau, da fährst du jetzt hin!, hatte sie erklärt und jedes Wort betont, wie gegenüber einem Kind, das nicht begreifen wollte. Und in gewisser Weise war ich das ja, wie ich da in Elas Wohnzimmer saß und nicht kapierte, was ich kurz zuvor gesehen hatte.

Ich antwortete nicht auf Elas Befehl, sah mir auch die Fotos von der Unterkunft nicht an, die sie mir zeigen wollte, vielleicht aber nickte ich. Ganz sicher gab ich ihr an diesem Abend mein Telefon und meine Kreditkarte, damit sie für mich buchte. Ich hatte keinen Nerv, mich durch das Internet zu klicken, keinen Nerv für diese hirnrissigen Tests, bei denen man beweisen sollte, dass man kein Roboter war, indem man alle Ampeln, Vögel oder Traktoren anklickte, die auf einem bestimmten Bild zu sehen waren. Es waren für diese eine Oktoberwoche noch alle Ferienwohnungen frei, ich wollte die kleinste, die ruhigste. Auch der Flug am nächsten Morgen war nicht ausgebucht, obwohl gerade die Herbstferien begonnen hatten. Ich schlief in dieser Nacht auf Elas Couch nicht, in meinem Kopf war es zu laut. Irgendwann wurde mir schlecht, sehr schlecht.

Ela kam in dieser Nacht nicht zu mir. Ela blieb in ihrem Schlafzimmer, worum ich sie eindringlich gebeten hatte, und ich glaube, dass auch sie nicht schlief. Der Flug ging so früh, dass ich hoffte, mich einfach aus ihrer Wohnung in Rixdorf schleichen zu können, aber als ich gerade im Flur kniete und in meiner Tasche wühlte, strich sie mir übers Haar. Ich hielt inne. Diese Geste passte zu Ela, die immer sanft gewesen war und sensibel. Sie passte aber auch nicht zu Ela, die über die Jahre pragmatisch geworden war und ein bisschen verklemmt. Wir sprachen beide nicht, bis ich den Reißverschluss meiner Tasche zugezogen hatte. In der Wohnungstür drehte ich mich um. Aus Elas Schlafzimmer drang warmes Licht. Ich dachte, vielleicht hat sie die ganze Nacht gelesen, hat mich kotzen gehört und hat umgeblättert, Seite für Seite.

Ela hielt mir nochmal ihr Telefon hin, darauf ein bärtiger, lachender Mann. Sie sagte: Schau, das ist der Besitzer, den fragst du als Erstes nach einem schönen, starken Mokka, der macht ganz tollen Mokka! Sie sagte das in diesem optimistischen Ton, den sie sich angewöhnt hatte, dabei kannte sie die Unterkunft gar nicht. Sie hatte sie nur bei Instagram entdeckt, auf einem Account, über den sie früher die Augen verdreht hätte. Mittlerweile setzte Ela auf gewaltfreie Kommunikation und einen Mann, der Sätze sagte wie: Ich find's total schön, dass das gerade passiert! Aktuell behauptete er das von Elas Schwangerschaft, ansonsten vom Abendessen.

Aber in diesem Moment dachte ich nicht an Elas Freund. Ich war ihr einfach nur dankbar, und das sagte ich ihr auch.

Der Taxifahrer hörte einen Klassiksender und trug keine Maske. Hinter seine Kopfstütze und die des Beifahrersitzes hatte er ein trauriges Stück Plastik gespannt, das den vorderen Teil des Wagens vom Fond trennte. Ich musste an einen Duschvorhang denken, und bis wir in Schönefeld ankamen, war ich sicher, dass es sich um einen handelte. Ich konnte mir sogar vorstellen, wie der Taxifahrer ihn zerschnitten und unter seinen Kollegen aufgeteilt hatte. Vermutlich glaubten nicht wenige von ihnen, Impfungen seien etwas für Schwächlinge. Ich gab dem Mann Trinkgeld, sah ihm aber nicht in die Augen, vielleicht wäre es umgekehrt besser gewesen. Es war Herbst 2021, meine erste Reise seit zwei Jahren, und es war auch das erste Mal, dass ich vom neuen Hauptstadtflughafen abflog. Nach all den Jahren und Skandalen um die immer wieder verschobene Eröffnung hatte ich nicht mal mitgekriegt, dass er inzwischen in Betrieb war.

Der Flug war schlimm.

Von ein paar Wochenenden bei meiner Schwester in Hamburg abgesehen, hatte ich die Monate seit Beginn der Pandemie ausschließlich in Berlin verbracht. Wo kamen all diese Menschen her und wann hatten sie sich das letzte Mal gewaschen? Früher war ich gerne geflogen, nie hatten mir Morgenflüge etwas ausgemacht, selbst zwischen Mundgeruch und fettigen Haaren freute ich mich auf Italien. Mehrmals im Jahr war ich nach Rom geflogen, und jeden Sommer hatte ich zwei Wochen in unserem Partnerhaus auf Sizilien verbracht. Ich arbeitete für die Verwaltung einer internationalen Künstlerresidenz, deren Direktorium in New York saß. Die Organisation hatte in den USA drei Häuser, in denen ich nie war, und zwei in Europa – eine Villa in Brandenburg zwischen Potsdam und Werder, und einen ehemaligen Bauernhof in der Nähe von Palermo.

Ich war für die Betreuung der Künstler zuständig, die nach Deutschland kamen. Über die Bewerbungen entschied eine jährlich wechselnde Jury, die Stipendiaten waren Schriftsteller, Musiker, Fotografen, Illustratoren und bildende Künstler. Sie kamen selten aus Deutschland. In ihren Heimatländern waren sie manchmal schon etabliert, darüber hinaus fast immer unbekannt. Meistens blieb es so. Auf Sizilien dagegen landeten die Erfolgreichen, Namen, die man überall kannte. Wer dorthin durfte, entschied ein Gremium in New York. Manche behaupteten Jack Nicholson sitze in dieser Jury, jemand anderes erzählte von einem Holocaustüberlebenden. Man konnte sich für Italien nicht bewerben, für Italien wurde man ausgewählt. Es waren nur Schriftsteller. In einem Sommer luden sie Karl Ove Knausgård ein. Danach veröffentlichte er im *New Yorker* einen Essay darüber, dass er im Süden besser denken könne. Etwas mit dem Lichteinfall auf abblätterndem sizilianischem Putz. Christian Kracht sagte trotzdem ab.

Mit dem Beginn der Pandemie verwaiste unser Haus an der Havel. Die Künstler konnten nicht mehr anreisen, und ich begann mein Leben zu überdenken. Den Rest davon vielleicht doch mit anderen Dingen zu verbringen als Honorarverträgen, Stehempfängen, Get-together-Events, Wochenmenüs, Schlüsselübergaben und Putzplänen. Nicht zu vergessen all die Notizbücher und Kaschmirpullover, die ich ihren Besitzern quer durch die Welt hinterherschickte.

Niemand überredete mich, zu bleiben.

Meine Kollegen reagierten, als würde dann eben

jemand anderes fortführen, was ich siebzehn Jahre lang gemacht hatte. Und so war es ja auch.

Ich zweifelte nicht an meinem Entschluss.

Drei Tage vor meinem vierzigsten Geburtstag, einem grauen Tag im März, holte ich meine Sachen aus dem Büro. Einen alten Laptop, das Heft, in dem ich die Nahrungsmittelunverträglichkeiten der Stipendiaten notiert hatte, einen Stiftebecher aus rosa Pappmaché, den mir ein mexikanischer Musiker geschenkt hatte. Und das Manuskript einer deutsch-belgischen Autorin, die während ihres Aufenthalts einen Nervenzusammenbruch gehabt hatte. Wir hatten ihr alle Sachen aus der Wohnung nachgeschickt, das Manuskript hatte im Kühlschrank gelegen. Und ich hatte es eingesteckt.

Es war nur ein Fragment, kein richtiges Manuskript.

Wochenlang hatte ich mir vorgenommen, es der Frau zukommen zu lassen, aber sie fragte nicht danach, meldete sich nie wieder. Ich googelte sie täglich. Auch bei ihren Verlagen erkundigte ich mich, aber keiner konnte mir etwas sagen, der belgische Lektor nicht, der deutsche nicht.

Als hätte sich die Frau in Luft aufgelöst.

Erst nach meinem letzten Arbeitstag wurde mir klar, wie überreizt ich war. In der S-Bahn, auf dem Weg zurück ins Berliner Zentrum, begriff ich, wie satt ich war von all den wechselnden Gesichtern, Biografien, Projekten, Neurosen. Ich lehnte meinen Kopf gegen die Scheibe, schloss die Augen und stellte mir vor, wie es wäre, wochenlang nichts zu tun, vielleicht nicht mal mehr Tampons zu kaufen. Daran dachte ich, keine Tampons mehr kaufen, aber natürlich kaufte ich weiter Tampons. Und als Ela fragte, ob ich nicht vorübergehend bei ihr einsteigen wolle, weil sie seit dem Lockdown mit der Arbeit nicht mehr fertig wurde, sagte ich ebenfalls zu. Sie betrieb einen kleinen Bioladen in Rixdorf, und ich hatte plötzlich Lust auf körperliche Arbeit. Auf eine, bei der ich nicht permanent etwas bedenken musste. Ich hatte keine Angst vor dem Virus. Oder: Ich fürchtete es nicht mehr, als alleine zuhause zu sitzen.

Ehe ich mich's versah, verging das Frühjahr der Apokalypse, und ein trügerischer Sommer begann, in dem ich keine Lust hatte zu verreisen, schon gar nicht nach Italien. Ich fürchtete, dass dort alles anders wäre, als hätte das Virus Italien in ein dunkleres Land verwandelt. Ein anstrengender Winter folgte, und wieder begann ein seltsames Frühjahr und schließlich ein Sommer, in dem man hoffte, alles wäre endlich vorüber. Nun war Herbst, und ich saß in diesem Flugzeug nach Griechenland, und keiner wusste, ob es endlich vorüber war, aber die meisten waren geimpft und fühlten sich sicher. Auch ich. Es war nicht die Angst vor einer Ansteckung, die mich in diesem Flieger umtrieb, es waren die Menschen. Ihr Geruch, ihr Gerede, ihr Leben. Diese Nähe.

Ich saß zwischen einer Mutter und ihren pubertierenden Kindern und einem älteren Ehepaar. Ich am Gang, rechts, direkt neben mir, das Paar, links die Familie. Die Mutter hatte die Kapuze ihres Pullovers über den Kopf gezogen und bewarf ihre gähnenden Kinder mit Hanuta, dann bestellte sie Porridge bei der Bordcrew – zwei Männer, die unerträglich gute

Laune hatten. Dass mittlerweile sogar in Flugzeugen Haferschleim angeboten wurde, war etwas, das ich noch nicht mitgekriegt hatte.

Bei uns hatte einmal ein Haferbauer aus Edinburgh an einem Manuskript über zwei verfeindete Familien im schottischen Porridge-Business gearbeitet, aus dem später ein Bestseller wurde. Wochenlang hatte er sich in seinem Zimmer verschanzt, nie sah man ihn. Außer an der Begrüßungsrunde nahm er an keiner Veranstaltung teil, nicht einmal zum täglichen gemeinsamen Abendessen erschien er. Normalerweise war das Pflicht, aber ich wies ihn nicht zurecht. Er hatte mit seinem blonden Schnurrbart ausgesehen, als stammte er aus dem 19. Jahrhundert, und er meinte es ernst mit dem Schreiben. Er sprach verständliches Englisch, sodass ich anfangs bezweifelte, dass er wirklich Bauer und Schotte war. Nach drei Monaten, nach Ablauf der Residenzzeit, kam er in mein Büro und bat mich, mit ihm auszugehen, er sei jetzt fertig mit dem Buch und wolle sich betrinken.

That would be lovely, sagte er.

In einem Pub im Berliner Westend verloren wir kein Wort über den Siegeszug des Haferschleims, dem er sich in seinem Roman widmete. Er erzählte stattdessen, dass er vor seiner Zeit als Bauer länger in Spanien gelebt hatte. Er unterrichtete dort Englisch und hatte sogar eine Freundin gefunden, drei Jahre älter, bernsteinfarbene Augen, diese Dinge. Er widmete sich den Fakten genauso behutsam wie einigen wenigen Details, schönen Details, und er erzählte mit einer Ruhe, die mich faszinierte, weil sie selten geworden war. Er schaute kein einziges Mal auf sein Telefon.

Eines Tages, so berichtete er weiter, habe ihn solches Heimweh gepackt, dass er wusste, er müsse so schnell wie möglich zurück nach Schottland. Er griff nach seinem Glas und ließ den Whisky darin kreisen, dann beschrieb er den Moment, als er in Edinburgh landete, noch im Flieger seine schottische SIM-Karte einlegte, um auf dem Weg vom Flughafen in die Stadt all seinen Freunden zu schreiben, die sich keine zwei Stunden später im Haus seines Vaters zusammenfanden und schon bald das mitgebrachte Bier im Flur stehen lassen mussten, weil in der Küche kein Platz mehr war. Er grinste vor sich hin, sah mir dann irritierend lange in die Augen und sagte, am nächsten Morgen habe er den Kater seines Lebens gehabt – but, my God, I was home again!

Menschen, die so sicher wussten, wo ihr Platz auf dieser Welt war, hatte ich immer beneidet. Meiner, so viel wusste ich, konnte nicht in diesem Flugzeug nach Griechenland sein. Wir waren bald zwei Stunden in der Luft, als der Mann in meiner Reihe von seinem Fensterplatz aufstand, um, wie ich zunächst glaubte, zur Toilette zu gehen. Er ging aber nicht zur Toilette, sondern stellte sich mit dem Rücken zur Tür davor und sah munter in die Reihen der Passagiere. Wir, seine Frau und ich, konnten das nicht übersehen, denn wir saßen in der zweiten Reihe mit direktem Blick auf die feixenden Stewards und die beiden WCs. Mir war es vollkommen gleich, was der Mann tat oder nicht, es war ja sein gutes Recht, nach dem langen Sitzen auch mal einen Moment zu stehen, aber seine Frau wurde immer unruhiger in ihrem Sitz neben mir. Während sie versuchte, ihren Mann mit Gesten zurückzuwinken, schüttelte der nur langsam seinen Kopf und richtete den Blick wieder auf die Leute hinter uns. Je länger er da so stand und sich selbst genügte, desto wilder wurden die Gesten der Frau. Dazu verfiel sie nun auch noch in eine Art lautes Flüstern, formte ständig Befehle mit ihrem Mund, ohne wirklich zu sprechen, wobei ihr manchmal so ein komisches Zischen entwischte. Ich fand das alles unerträglich, aber irgendwie auch lustig. Es kam mir vor, als hätte der Mann nach Jahren, vielleicht sogar Jahrzehnten endlich eine Möglichkeit gefunden, seinen eigenen Standpunkt zu behaupten, und je länger er da stand, desto mutiger fand ich ihn. Sobald die beiden alleine waren, würde ihn ein gewaltiges Gewitter erwarten, die Reaktion seiner Frau ließ keinen anderen Schluss zu. Sie konnte einfach nicht begreifen, dass ihr Mann ein paar Minuten stehend in diesem Flugzeug verbringen wollte, statt neben ihr zu sitzen.

Vielleicht war aber auch alles, wie so oft, ganz anders.

Wenigstens lenkte mich ihr peinliches Schauspiel ein wenig ab, bis wir bald darauf landeten. Aus den linken Fenstern konnte ich das Meer sehen und aus den rechten das Flughafengebäude. Darin drückten sich unzählige Menschen gegen die Scheiben, ganz dicht standen sie davor, ich meinte fast, ihre platten Nasen zählen zu können. Das alles, um Flugzeugen beim Starten und beim Landen zuzusehen? Mit einem Versprechen an mich selbst stieg ich aus dem

Flieger: Dass ich alle künftigen Reisen mit der Bahn oder mit dem Schiff machen würde oder von mir aus auch mit dem Auto.

Die Tatsache, dass ich bereits für sieben Tage später einen Rückflug hatte, blendete ich aus.

Im Terminal empfing uns eine Traube schwarz gekleideter Polizisten. Das würde ewig dauern, dachte ich, aber dann trat nur einer von ihnen nach vorne, während die anderen unschlüssig um ihn herum standen. Dieser eine Polizist warf einen halbherzigen Blick auf die gezückten Telefone mit den Impfnachweisen, und auch sonst wollte niemand etwas von mir. Für einen Moment war ich beschwingt, Deutschland hinter mir gelassen zu haben, wenigstens für die nächsten Tage. Die vergangenen zwei Jahre waren vielleicht ein wenig zu lang gewesen. Es war schön, wieder einmal unter einem blauen Himmel zu stehen. Natürlich war auch der in Berlin manchmal blau, und die Sommer dort konnten ganz fantastisch sein, aber jedes Mal, wenn ich die Stadt verließ und woanders an sie dachte, sah ich sie im Wintermodus, egal, welche Jahreszeit wirklich war. Und von Oktober bis April sah der Berliner Himmel eben immer aus, als hätte ihm jemand eine Decke übergeworfen. Man fand auch niemals den Mond.

Draußen vor dem Gebäude wartete ein Spalier Männer mit Schildern. Ich ging die Reihe einmal ab, langsam, gründlich, aber meinen Namen fand ich nirgends. Es war das erste Mal, dass ich von einem Fremden abgeholt werden sollte. Wenn ich früher irgendwo gelandet war und in der Ankunftshalle diese Menschen mit ihren Schildern sah, hatte mich das immer traurig gemacht. Dass da jemand warten musste, der so gar nichts von einem wusste. Nicht einmal, wie man aussah.

Ich versuchte mich an den gestrigen Abend zu erinnern. Ela hatte doch gesagt, der Besitzer der Unterkunft würde einen Fahrer schicken. Oder nicht?

Ich ging wieder nach drinnen, überlegte, ob der Mann – ich hielt es für ausgeschlossen, dass es eine Frau sein könnte – vielleicht dort auf mich wartete, vielleicht hatten wir uns verpasst. Und drinnen sah ich tatsächlich einen älteren Mann mit einem Schild, aber auf dem stand *family* zusammen mit einem Namen, den ich sofort wieder vergaß. Ich steuerte einen Getränkeautomaten an, bis ich sah, dass darin keine Flaschen hingen, sondern Pflanzensamen. Saatgut in einem Flughafenterminal? War das ernst gemeint? Ein griechischer Glücksbrauch vielleicht? Ich kramte zwei Euro aus meiner Tasche und warf sie ein. Es gab Kräuter, Gemüse und Blumen. Rucola oder Auberginen wollte ich nicht, aber ich nahm Gerbera.

Dass ich einen Schluck Wasser hatte trinken wollen, hatte ich vergessen, und als ich erneut aus dem Terminal trat, um nach meinem Fahrer Ausschau zu halten, kam er gerade auf mich zu. Ein kleiner Mann mit Goldkette, Pferdeschwanz und aufgeknöpftem Hemd. Seine ganze Erscheinung schien einer Vergangenheit anzugehören, die hier noch Gegenwart war. Das gefiel mir. Ich winkte, er blieb stehen. Dann schloss ich zu ihm auf, und wir gingen zusammen in die Richtung, aus der er gekommen war. Er trug meine Tasche in der Hand, mit der er das Schild mit meinem Namen hielt, die andere brauchte er für seine Zigarette. Er hatte auch Brusthaar. Er hätte einunddreißig sein können oder zweiundfünfzig. Er sah aus wie eine Karikatur.

Wir stiegen in einen grauen Mercedes, der in einer langen Reihe identisch aussehender Wagen stand, und ich bewunderte den Mann für seinen Instinkt, weil er sofort in das richtige Auto stieg. Auf der Fahrt sprach er kein Wort, und mir fiel nichts ein. Ich wollte ihn nicht mit Englisch behelligen, wozu auch, und dann klingelte sein Telefon, und er unterhielt sich über die Freisprechanlage mit einem anderen Mann auf Griechisch. Es klang zornig und gleichzeitig belustigt. Ich öffnete das Fenster einen Spalt. Links, auf den Hängen neben der Straße, sah ich Ziegen. Zur anderen Seite lag das Meer, blau und ewig. Als der Grieche fünfzehn Minuten später fünfunddreißig Euro verlangte, gab ich ihm Trinkgeld. Er hatte ja auch das Schild mit meinem Namen gebastelt. Außerdem mochte ich seinen Pferdeschwanz.

Zuerst sah ich den Gartenschlauch. Der Besitzer kam damit um die Ecke und rief: Molto secco! Ich drehte mich um, als würde er jemand anderen meinen. Oder vielleicht auch, als würde hinter mir jemand stehen, den ich fragen konnte: War das wirklich eine griechische Insel? Wieso redete der Mann dann italienisch?

Paolo, sagte er nun und hielt mir seine Hand hin.

Diese Hand erinnerte mich sofort wieder an das Virus, aber natürlich schüttelte ich sie trotzdem. Er hatte keinen Bart, er lachte auch nicht, vielleicht war er gar nicht der Mann, den mir Ela im Morgengrauen auf ihrem Telefon gezeigt hatte.

Ich nannte ebenfalls meinen Namen, wusste aber nicht, was ich darüber hinaus sagen sollte. Aber Paolo hatte sich auch schon meine Tasche gegriffen und war damit zur Treppe gelaufen.

Das Haus glich einem dreistöckigen Würfel, grünweiß angestrichen, mitten in einem Olivenhain, der wiederum auf einem Berg lag. Meine Wohnung war im obersten Stock, daneben eine zweite, im mittleren Stock hatten drei Appartements Platz, unten wohnte Paolo, er wohnte dort mit seinem Esel.

Ich war der einzige Gast.

Paolo war mittlerweile zu Englisch übergegangen, erzählte, dass er schon seit zwanzig Jahren in diesem Haus wohne. Er habe Sizilien verlassen, um hier zu leben. Das sei einfach passiert, seine Mutter sei krank gewesen und wollte noch einmal nach Griechenland, woher die Großmutter stammte. Nun sei seine Mutter lange tot, aber er sei immer noch hier, und die Insel sei so unglaublich trocken, kein Regen seit April. Jeden Tag müsse er nachhelfen, sonst werde das nichts mehr mit der Olivenernte im Dezember.

Er sah mich nicht an, während er sprach.

Er machte auch keine Pause.

Viele der Gäste kämen aus Berlin, sagte er, manche aus Paris, sagte er, ein paar aus New York, sagte er, und all diese Gäste wollten bei ihm ihre Ruhe haben. Ja, wenn er eines versprechen könne, dann, dass ich meine Ruhe haben würde.

Er sah mich immer noch nicht an.

Oben an der Straße fahre aber auch jede Stunde ein Bus in die Stadt. Er machte eine vage Handbewegung, auf der linken Seite in die eine, er wiederholte die Handbewegung, auf der rechten in die andere, jede Stunde, betonte er.

Ich fragte ihn, welche der beiden Städte er empfehle, und nun sah er mich an: I don't like cities!

Wir standen nebeneinander auf der Terrasse und schauten hinunter auf die Olivenbäume. Ich überlegte, ob er mir seinen Esel vorstellen würde und ob ich ihn danach fragen konnte. Auf dem gegenüberliegenden Hügel stand ein Haus, vor dem ein Hund ohne Pause bellte. Hinter dem Hain schlängelten sich Serpentinen über einen Berg, auf dem mehrere Lastwagen unterwegs waren. Nur ein kleines Stück dahinter war das Meer zu sehen, es ging direkt in den Horizont über. Ich schloss meine Augen und atmete tief ein. Es roch nach Thymian. Als ich sie wieder öffnete, war Paolo fort, aber in der grünen Holztür, die in meine Wohnung führte, steckte ein Schlüssel.

Ich hatte keine Ahnung, wie spät es war, als ich aufwachte. Ich hatte beide Fenster geöffnet, das eine lag zum Berg hin, das andere schaute aufs Meer hinaus. Es war das perfekte Schlafzimmer. Ich hatte mich sofort hingelegt und war in einem schwarzen Nichts versunken.

In der Küche fiel mir der seltsame Geruch wieder auf, den ich vorhin schon bemerkt hatte. Ich konnte ihn nicht zuordnen und vermutete, dass er von den Holzdielen kam, die recht mitgenommen aussahen.

Das kleine Appartement war würfelförmig wie das ganze Haus. Kam man zur Tür herein, stand man auch schon im Flur, im Wohnzimmer und in der Küche, die zusammen einen Raum bildeten, der an eine Schiffskajüte erinnerte. Dahinter lag ein winziges Badezimmer, daneben das Schlafzimmer. Ich öffnete die Schiebetür zur Terrasse und setzte mich draußen auf die Bank. Der Hund vor dem Haus am Hang gegenüber war endlich verstummt. In der Ferne hörte ich Glocken, die vermutlich ein paar Ziegen vom Hals baumelten. Ich schloss wieder die Augen, aber ich war zu hungrig für die Stille.

Das Erdgeschoss war verwaist, alle Türen verschlossen, der Geländewagen von Paolo fort. Ich spazierte bergab Richtung Dorf, bis ein kleines Schild nach links zeigte, das einen *supermarket* versprach. Das Dorf konnte warten. Ich kaufte dunkles Brot, Oliven, ein bisschen Käse und eine Packung Feigen. Der Mann hinter der Kasse trug keine Maske und sah aus, wie Kevin Spacey aussehen würde, wenn er sein Leben am Meer verbracht hätte.

Draußen vor dem Supermarkt konnte ich deutlich das Haus von Paolo erkennen, das grün-weiß auf dem Berg thronte. Im ersten Moment war ich entmutigt, die ganze Strecke zurücklaufen zu müssen, aber dann ging es natürlich doch.

Paolos Wagen war immer noch nicht zu sehen. Allmählich schien sich der Himmel einzutrüben, trotzdem aß ich auf der Terrasse. Bis ich plötzlich einen widerlichen Geruch in der Nase hatte und mitten im Kauen innehielt. Ehe ich richtig begriff, dass der Gestank nicht von meinem Abendessen kam, hörte ich einen leisen Schrei. Eine Katze lugte um die Ecke und schleppte sich dann zielstrebig in meine Richtung. Das Tier hinkte und hatte Durchfall, ein kleiner Tiger, süß und abstoßend zugleich.

Das Kätzchen versuchte, zu mir auf die Bank zu klettern, ich wehrte es ab. Hochspringen konnte es nicht, weil sein linkes Hinterbein vom Auto des Nachbarn mit dem bellenden Hund zertrümmert worden war, wie ich bald erfahren würde. Seine Geschwister ließen sich nicht so leicht abwimmeln. Was ich an dem Abend aber noch nicht wusste. So wie ich an jenem Abend auch noch nicht wissen konnte, dass ich dieses invalide Tigerchen ein paar Tage vor meiner Rückreise ertränken würde.

Ich bin nicht stolz drauf.

Bevor ich nach drinnen flüchtete, verteilte ich für die Katze etwas Feta auf dem Boden. Der Gestank hatte mir ohnehin den Appetit verdorben. Und der Himmel war mittlerweile schwarz.

Ich hatte gerade geduscht, als ein gewaltiger Regen losbrach. Es war noch früh, aber mir fiel nichts anderes ein, als mich ins Bett zu legen. Vorher nahm ich mein Telefon aus der Tasche und deaktivierte den Flugmodus. Ela hatte gefragt, ob ich gut angekommen sei, außerdem kam eine SMS, die das Taxi ankündigte, das mich am Morgen nach Schönefeld gefahren hatte. Sonst nichts.

Von Katja nichts.

Natürlich nicht.

## 2

In der ersten Nacht träumte ich.

Ich träumte davon, wie ich mit Katja und Ela im Gras lag, im Freibad in der Wuhlheide, das wir alle drei liebten, weil dort niemand hinging, den wir kannten. Bald brachte Ela Pommes, aber Katja musste sich davon erbrechen, und dann war Ela auf einmal verschwunden, während eine getigerte Katze sich über Katjas Kotze hermachte. Nun überkam mich ein Brechreiz, ein vollkommen echter Brechreiz, sodass ich aufwachte, so wie ich auch immer aufwachte, wenn ich in einem Traum weinte oder einen Orgasmus hatte oder dachte, ich müsse sterben.

Von draußen schien der Mond auf mein Bett.

Er hing direkt über dem Berg neben Paolos Haus.

Das Gewitter hatte sich beruhigt, der Regen klopfte nur noch leise auf das Dach. Mir fiel ein, dass ich in Griechenland war. Es fühlte sich an, als wäre ich in Sicherheit. Ich schlief wieder ein, ich schlief am liebsten bei Regen. Als Kind fand ich nur in den Schlaf, wenn ich zuvor am Himmel den Mond gesehen hatte. Ich glaube, es ging mir um Ordnung.

Dass die Dinge an ihrem Platz waren.

Katja, Ela und ich haben eigentlich nur einen Sommer so richtig miteinander verbracht, es ist ewig her. Simon, mein damaliger Freund, war gerade mit einem Stipendium in Frankreich, Katja war seit zwei Jahren mit Gustav verheiratet und hatte mehr Zeit als sonst, und Ela redete von ihrem Ex, einem dürren Texaner namens Derek. Ein Tänzer. Ela und er waren damals schon lange getrennt, aber jeder, der verlassen wird, muss sich darüber eine Geschichte erzählen. Ela präsentierte uns jede Woche eine neue Version ihrer Geschichte. Einmal unterbrach Katja sie und rief: Mensch; Ela, vielleicht hättest du mal mit den Türen knallen müssen, Männer mögen das! Woraufhin Ela aufsprang und von Katjas Balkon in die Küche ging, wo sie sich umdrehte: Ja, mögen Männer das? Dann knallte sie Katjas Wohnungstür zu und schmollte zwei Wochen.

Katja konnte das gut: Ratschläge geben, die ein wenig gehässig klangen. Katja konnte sich ihre Gedanken selten verkneifen, Katja brauchte Platz. Eigentlich stritten sie und Ela ständig, trotzdem habe ich nur schöne Erinnerungen an diesen Sommer. Wahrscheinlich, weil ich Katja so oft sah, fast so oft wie früher. In manchen dieser Sommernächte vergaß ich sogar, dass ich einen Freund hatte, und vielleicht hatte ich Simon sowieso nur aus Panik in mein Leben gelassen, weil Katja Gustav geheiratet hatte.

Katja war für mich in Berlin der erste Mensch gewesen, mit dem Berlin plötzlich Spaß machte. Ich hatte Hamburg direkt nach dem Abi verlassen und schrieb mich in Berlin für Klassische Archäologie ein. Ich glaubte, ich könnte damit vielleicht die Zeit anhalten, vor allem aber war es Trotz. Ich wollte etwas studieren, was niemandem aus meinem Jahrgang eingefallen war. Ich hielt ein halbes Semester durch.

Es fällt mir schwer, mich daran zu erinnern, ich sehe nur diesen einen Professor vor mir, dessen Büro in einem denkmalgeschützten Flügel lag. Ich verlief mich, wenn ich zu ihm wollte, und es konnte mir keiner helfen, weil sich dort niemand zurechtfand. Wenn ich dann irgendwann angekommen war, hockte er hinter seinem Schreibtisch, ein Schreibtisch wie ein Wall, ein Wall aus dunklem Holz, und dieser Wall wiederum stand vor einer Wand, die ebenfalls aus dunklem Holz war. Ich stellte mir vor, wie der Tisch in dieser Wand verschwinden würde, sobald ich gegangen wäre, der Schreibtisch mitsamt meinem Professor. Mir fällt auch sein Name nicht mehr ein, nur, dass er Holländer war.

Zum Sommersemester stieg ich auf Germanistik um, ich las gerne, daher erschien mir das naheliegend. Das Einzige, was mir von der Archäologie blieb, war Rom. So oft ich konnte, fuhr ich hin, damals mit dem Nachtzug, das war billiger, als zu fliegen. Ich schlief in schäbigen Hostels oder gar nicht, lief stundenlang durch die Straßen. Ich versuchte, die Stadt zu begreifen, aber ich ahnte, wenn ich sie einmal begriffen hätte, würde ich nie wiederkommen.

Als ich nach einem weiteren Semester den Aushang für die Stelle in der Künstlerresidenz entdeckte, beschloss ich, nicht mehr zu studieren. Ich würde Geld verdienen und in Palermo leben, ich würde Liebhaber und dunkelgrüne Vorhänge haben. Aber ich wusste, dass ich keine Künstlerin war, das war die stille Bedingung für diesen Job. Eine, die längst nicht alle bedachten. In siebzehn Jahren hatte ich acht Chefs gehabt, die sich alle für jemand anderen gehalten hatten, als sie geworden waren, alle. Ich bekam dann nur die Stelle in Brandenburg.

Die Betreuung der Stipendiaten nahm damals nur drei Tage pro Woche in Anspruch, nebenbei arbeitete ich in einem Café in der Auguststraße. Es war ein anämischer Laden mit überdrehten Kunden. Diese Kunden kamen nie alleine, diese Kunden kamen immer auch mit ihren Outfits. Wenn ich nicht dort war oder in der Villa, schlief ich oder las. Ich hatte dunkelgrüne Vorhänge, aber ich hatte kaum Sex, und ich hatte auch keine Freunde. Ich wohnte in einer uralten Wohnung in Friedrichshain und zahlte lange nur dreihundert Euro Miete. Einmal blies der Wind derart über die Warschauer Brücke, dass ich stehen blieb und anfing zu heulen. Ich ging erst weiter, als mir ein Obdachloser zwei Euro geben wollte.

Ich dachte ständig an Hamburg, aber ich zog nicht zurück.

Irgendwann wechselte ich das Café, arbeitete nicht mehr in Mitte, sondern in meinem Kiez, und die Leute sprachen jetzt davon, dass Berlin *vorbei* sei. Sie erzählten einander von Leipzig und von Warschau und von Wien, aber ich kenne niemanden, der dort hingezogen wäre, sie zogen nur alle von Prenzlauer Berg nach Neukölln. Ein paar Jahre später sprachen sie von Athen und von Offenbach am Main und von La Gomera, aber auch dort zog niemand hin, sie zogen nur weg aus Neukölln, weiter raus, nach Schöneweide oder Pankow, während die mit Geld behaupteten, Charlottenburg sei die Lösung, und die ohne immer noch hofften, der Wedding würde *kommen*. Ich verstand diese Obsession mit Stadtteilen nicht, verstehe sie bis heute nicht. Berlin blieb Berlin, vom Hals schaffen konnte man sich den Wahnsinn sowieso nicht.

Katja lernte ich während der Arbeit kennen.

Es war Samstagmorgen, die ersten warmen Tage im Frühjahr, ich hatte Frühschicht, ich war allein. Das Café lag in der Boxhagener Straße unweit meiner Wohnung. Als ich den Rollladen hochzog, stand draußen Katja. Wir sahen einander durch die Scheibe des Schaufensters an, sie hob ihre linke Hand, fast schüchtern, und ich weiß noch, dass ich dachte, dass das eine richtige Szene war, eine Szene wie in einem französischen Film. Nur dass Katja nichts von einer Französin hatte. Sie war groß und stark und blond, ja, ihr Haar war so dick, dass sie nichts sehen konnte, sobald ihr Pony rausgewachsen war. Katjas Pony war ständig herausgewachsen, und ihr übriges Haar zwang sie in goldene Spangen, eine Klavierschülerinnenfrisur. Katja beherrschte kein einziges Instrument, aber sie schmiss oft etwas um, wenn sie irgendwo hereinkam. Sie lief auch gerne irgendwo dagegen. Wenn ich etwas sagte, das sie nicht richtig hörte, rief sie übertrieben laut: Hmmm?! Auf keinen Fall durfte man ihr ein Buch ausleihen, es kam total zerfleddert zurück, wenn überhaupt. Dafür konnte sie perfekt einparken. Sie roch auch fantastisch.

Erst nach einem Moment bemerkte ich, dass hinter Katja noch jemand stand. Es war Ela. Neben Katja wirkte sie wie ein Vögelchen. Drinnen stellten sie sich als Freundinnen vor und verkündeten, sie hätten die Nacht durchgemacht. Sie erklärten weiter, dass ich, also mein Café, die besten Croissants der Stadt hätte. Ich ließ sie in dem Glauben, auch wenn wir denselben billigen Aufbackteig wie die türkische Bäckerei drei Häuser weiter benutzten. Aber wir verlangten pro Croissant zwei Euro mehr, und wenn wir sie füllten, drei Euro mehr. Wir füllten sie mit Pistaziencreme oder Zitronenmarmelade oder Marzipanmousse. Niemand fragte jemals nach Schokolade, letztlich war das pathologisch.

Ich erklärte, dass die Croissants noch zehn Minuten bräuchten, und überlegte, was die beiden verband. So richtig weiß ich es bis heute nicht. Sie waren Nachbarinnen, wohnten damals beide im Graefekiez in Kreuzberg, wahrscheinlich war es das. Katja kam aus Westberlin, sie war in der Nähe des Ku'damms aufgewachsen und hätte ohne Probleme die Loreley in Dietls *Rossini* spielen können. Ela stammte wie ich aus dem Norden, niemand hätte uns für einen Film gecastet.

Katja wollte zwei Marzipancroissants und verschüttete ihren Milchkaffee. Sie gab mir ein übertriebenes Trinkgeld und hinterließ ein Kärtchen ihres Restaurants in Neukölln. Ich war nicht überrascht, dass ihr eins gehörte, Besitz bringt eine bestimmte Art von Selbstsicherheit mit sich. Eine, der nicht mal verschüttete Milchkaffees etwas anhaben können.

Ich hatte noch nicht entschieden, ob ich hingehen sollte, als sie sich schon wieder meldete. Sie schickte eine Mail an das Café und fragte, ob ich Lust auf einen Drink hätte. Sie schlug den Würgeengel vor. Am nächsten Abend trafen wir uns dort und am übernächsten wieder, es wurde Sommer. Einmal waren wir in einem isländischen Fischrestaurant verabredet, und als ich mit dem Fahrrad durch die laue Luft fuhr, dachte ich wirklich, das wäre der schönste Abend meines Lebens. Stunden später stürzten wir mit einer Fischvergiftung aus der Bar, aber am Wochenende darauf gingen wir wieder hin. Wir glaubten, uns stünde etwas zu, auch wenn wir nicht genau wussten, was. Wir schliefen mit seltsamen Männern, und wenn schon die Geschichten, die wir uns darüber erzählten, schrecklich waren, wollten wir uns wenigstens gut fühlen, während wir sie erzählten.

Wir saßen immer am Tresen.

Wir sahen einander nicht ins Gesicht, wir sahen auf den Tresen und versanken in unseren Getränken, in unseren Stimmen, in unseren Geschichten. So vergingen Stunden und Nächte, irgendwann waren es Jahre. Am Ende blieb immer eine Diskrepanz: zwischen dem Leben, von dem wir uns am Tresen erzählten, und dem Leben, das wir wirklich führten.

Bis Katja ein anderes begann.

Ein blaugrauer Januar, wir hockten wie so oft im Würgeengel, und Katja regte sich über einen schwedischen Film auf, den wir gerade im Babylon ansehen wollten. Der Titel war episch, etwas mit einer Taube und einem Dach, es war eher ein Stillleben als ein Film. Ewig lange Einstellungen, groteske Szenen, der Regisseur wurde von der Kritik verehrt, Skandinavier kamen mit allem durch. Wir gingen nach einer Stunde und beschlossen, lieber etwas zu trinken. Im Würgeengel setzte sich ein schlanker Mann mit Glatze zu uns und sagte, sein Name sei Gustav.

Er stellte mir genauso viele Fragen wie Katja, auch wenn uns allen dreien klar war, wen er haben wollte.

Für die Hochzeit kein halbes Jahr später mietete Katja die ehemalige Lounge einer US-amerikanischen Fluggesellschaft. Sie lag in einem Hochhaus am Bahnhof Zoo mit Blick über halb Berlin, dünne Frauen in türkisfarbenen Stewardesskostümen verteilten Champagner aus Bauchläden. Die komplette Hochzeitsgesellschaft war derart tadellos, dass ich nur darauf wartete, dass doch noch irgendwo ein durchgeknallter oder wenigstens hässlicher Onkel auftauchen würde.

Aber es kam keiner.

Das Durchschnittlichste, Normalste, Langweiligste auf dieser Hochzeit waren Ela und ich. Katja kam mir an diesem Abend unendlich weit weg vor. Ich trank und versuchte, glücklich zu sein für sie. Gustav stammte aus der Schweiz, war Chirurg und las Stephen King. Er trat niemals laut oder arrogant auf, er konnte gut kochen, und er hatte Angst vor Vögeln. Es gab nichts, was ich gegen ihn haben konnte. Beim Tanzen versuchte ich mir für einen Moment vorzustellen, Ela wäre von nun an Katja, aber Ela war Ela und würde immer Ela bleiben. Ich schämte mich nicht mal dafür, dass ich sie so viel weniger mochte als Katja.

Sechs Monate später lernte ich Simon kennen.

Ein Klopfen weckte mich. Im Halbschlaf war ich zuerst nicht sicher, aber es wurde lauter. Vor der Tür stand eine zarte Person, die sich als Tania vorstellte und fragte, ob ich mit ihr und Paolo zu Mittag essen wolle. Sie ließ sich nicht anmerken, was sie davon hielt, dass ich gerade erst aufgestanden war. Mir fiel wieder der Mokka ein, von dem Ela gesprochen hatte. Ich bedankte mich und versprach, nach einer schnellen Dusche dazuzukommen. Tania lächelte und antwortete: Take your time.

Schon auf der Treppe hörte ich die Reggaemusik. Unten im Erdgeschoss standen alle Türen offen, darunter ein grünes Holztor, das zu einem Stall gehörte, in dem ich den Esel vermutete. Paolos Wohnung lag ebenfalls hinter einem Tor, ein einziger Raum, aufgeteilt in drei Bereiche: Küche und Wohnzimmer unten, auf einer zweiten Ebene eine Matratze zum Schlafen. Ich war sicher, dass außer dem Laptop kein Gegenstand mehr als zehn Euro gekostet hatte. Paolo stand am Herd und grinste. Es war einer dieser tragbaren Ein-Platten-Herde, die man an eine Steckdose anschließen musste. Ich überlegte, ob er Impfgegner sein könnte. Tania saß bereits am Tisch, auf dem mehrere Schüsseln platziert waren, darin Würfel aus Feta, Tomaten, grüner Salat. Paolo stellte einen Teller mit frittierten Auberginen dazu. Die Reggaemusik nervte. Wir fingen an zu essen, und ich beschloss, nicht nach dem Impfstatus zu fragen.

Paolo wollte von mir auch nichts wissen, berichtete aber von seinen täglichen Routinen. Davon, dass er jeden Morgen mit der Sonne aufstand, lieber mit der Sonne als mit einer Frau, denn nichts im Leben sei für immer, vor allem Gefühle nicht. Es war das übliche Hippiegelaber, so als stünde man über den Dingen, so als könnte man wirklich über ihnen stehen. Ich musste an Elas neuen Freund denken, der so neu nun nicht mehr war. Sie waren seit drei Jahren ein Paar, aber ich wollte mich nicht an Matthias gewöhnen. Auch er hielt sich immer nur für die beste Version von sich selbst. Bei dem Gedanken, dass Ela bald ein Kind von ihm bekommen würde, zuckte ich jedes Mal wieder zusammen.

Tania schwieg fast die ganze Zeit. Sie war Paolos Putzfrau, sie war einundzwanzig Jahre alt. Ich fragte sie, ob sie auch schon darüber nachgedacht habe, nach Berlin zu gehen wie so viele aus ihrer Generation. Sie antwortete leise und freundlich.

I don't like big cities!

Ich überlegte, ob Paolo manchmal versuchte, mit Tania zu schlafen, und sie tat mir leid. Paolo mochte um die fünfzig sein, er sprach mittlerweile von Alkohol und von Selbstmord, zwei Dinge, die er mit Skandinavien verband, seiner Meinung nach alles furchtbare Länder. Hier, auf der Insel, begehe keiner Selbstmord. Die Menschen kauften Hunde, bauten Häuser, zeugten Kinder, hier habe keiner Zeit, depressiv zu werden. Überhaupt, er habe das schlechteste Bett im ganzen Haus und trotzdem den besten Schlaf. Wichtiger als eine teure Matratze sei nämlich ein freier Kopf. Und hier, er deutete mit seiner Gabel erst auf mich, dann auf Tania, hier an seinem Tisch dürfe übrigens alles gesagt werden.

Mir fiel das Kätzchen vom Abend ein.

Tania antwortete, es stamme aus dem Wurf einer

wilden Katze, eine der Kleinen habe der Nachbar vom Berg gegenüber aus Versehen angefahren. Paolo unterbrach sie, der Nachbar habe doch erst gestern behauptet, dem Kätzchen gehe es schon wieder besser. Dazu sagte Tania nichts, lachte nur ein Lachen, das keinen Zweifel daran ließ, was sie von dem Nachbarn hielt. Die kleinen Katzen gehörten ihnen nicht, schloss Paolo das Thema und erzählte nun von den Kochklassen, die er anbot, griechisch-sizilianisch. Aber die Gäste, die seine Kurse buchten, hörten ihm niemals zu, wenn er was erklärte, sie machten nur Fotos für das Internet, sie wollten nur *experiences*, dächten nur an Hashtags. Ich dachte an Ela. Ich fragte, ob er mir seinen berühmten Mokka machen könne.

Famous mokka?

There was a picture on Instagram?

Paolo brach in Gelächter aus: It's just a Bialetti!

Er deutete hinter sich. Auf der Arbeitsplatte stand ein Espressokocher, der schon ein wenig Rost angesetzt hatte.

Beim Kaffee blieben wir still, Tania hatte sich verabschiedet. Ich fürchtete, Paolo könnte in einen neuen Monolog verfallen, aber er sah nur auf die Uhr. Ohne aufzublicken, sagte er: It's late. Go to the sea, otherwise you never see it.

Zum Meer musste man den Berg hinunterlaufen. Der Weg führte über Sand und Geröll, am Wegesrand wuchsen Palmen und Kakteen und Pflanzen, die ich nicht kannte. Bei einer Herde Ziegen mit Glocken um den Hals blieb ich stehen. Die Tiere betrachteten mich neugierig. Sahen sie mir an, dass ich eine Idiotin war?

Je näher ich dem Dorf am Fuß des Berges kam, desto mehr Bauschutt fiel mir auf. Zementmischer, unfertige Häuser oder verfallene, dazwischen Neubauten, deren Putz noch so frisch war, dass sie wie Fremdkörper wirkten. Ich musste an Simon denken, den diese ganze Unordnung wahnsinnig gemacht hätte. Überall hingen Kabel heraus, aus dem trockenen Boden ragten Plastikrohre, keine Ahnung, wozu und für was. Ich lief schneller, als ich meinte, Gas ausströmen zu hören.

Am Meer war das alles egal, es war hellblau, fast grün.

Ich zog meine Sandalen aus und ging über den feuchten Sand, weg von den Cafés und Restaurants. Die Luft und das Licht taten gut. Ich war Ela dankbar, und ich war fassungslos: Am Ende, jetzt, sollte es also Ela sein?

Ela, die immer zweite Wahl gewesen war.

Während der Barjahre mit Katja hatte sie kaum eine Rolle gespielt. Ich sah sie nicht wieder nach dem Morgen im Café, und Katja sprach auch niemals von ihr. Erst ein paar Monate bevor sie Gustav kennenlernte, stieß Ela zu uns. Wir waren in einer Kreuzberger Eckkneipe, als Katja auf ihr Handy sah und ankündigte, gleich komme Ela. Ich hatte keine Ahnung, wen sie meinte, und als Ela eine halbe Stunde später vor uns stand, erkannte ich sie auch nicht wieder. Der dünne Pferdeschwanz war weg, sie trug ihr braunes Haar jetzt kurz wie ein Schuljunge, wie Jean Seberg, nur dass Ela nicht aussah wie Jean Seberg. Im besten Fall hatte sie was von Winona Ryder. Ich meine das nicht böse, ich bin vom selben Schlag.

Ela nahm sich einen Barhocker und schob ihn zwischen meinen und Katjas. Ich fand das erst ein bisschen frech, aber als sie direkt nacheinander zwei Schnäpse kippte und erzählte, dass ihr Freund sie gerade verlassen habe, tat sie mir leid. Mir fiel auf, dass Katja Elas Bericht amüsiert folgte, so als wäre Ela zu unserer Unterhaltung gedacht. Ich wusste nicht wirklich, wer Katjas Freundinnen waren. Ich hatte mich nie gegen andere durchsetzen müssen. Als wir uns kennengelernt hatten, hatte sie sich gerade aus einer Beziehung mit einem älteren österreichischen Theaterschauspieler gelöst. Manchmal dachte ich, dass sie mich nur deshalb rekrutiert hatte. Damit sie mit jemandem ausgehen konnte. Und dass das jeder hätte sein können. Ich dachte das auch, wenn sie mich anrief und ich es zu spät hörte oder nicht gleich rangehen konnte. Ich rief umgehend zurück, oft nur Sekunden später, aber es war jedes Mal besetzt, vielleicht weil sie es schon bei jemand anderem versucht hatte. Ich konnte mir gar nicht vorstellen, bei wem, fühlte mich aber trotzdem austauschbar.

Am Ende der Nacht gab ich Ela meine Nummer.

Ela kannte zunächst kein anderes Thema als Derek, und vielleicht spürte ich jedes Mal einen Fluchtimpuls, weil ich Angst hatte, wie sie zu werden. Ela, die ohnehin kaum etwas wog, erinnerte mich in dieser Zeit an eine vertrocknete Zimmerpflanze. Wenn sie so in ihrem Sessel saß und wieder einmal von Derek anfing, stellte ich mir vor, wie ich ihr eine Schnabeltasse reichen würde. Ich überlegte sogar, ob man ihr eine Infusion legen musste, damit sie ein paar Nährstoffe abbekam. Aber Ela war zäh. Nicht nur unterrichtete sie Erdkunde und Sport an einem verrufenen Gymnasium in Kreuzberg, sie schien auch niemals müde zu werden. An Abenden, an denen sie ohne Pause geredet hatte, lief sie immer noch mit mir vom Graefekiez zum Kottbusser Tor, wo ich die U-Bahn nach Friedrichshain nahm. Ich fand das charmant, bis ich begriff, dass sie es anders nicht aushielt.

Dass es einfacher für sie war, in eine leere Wohnung zurückzukommen, als in einer leeren Wohnung zurückzubleiben.

Ich beriet mit Katja, was wir tun sollten, aber Katja war der Meinung, dass Menschen mit Liebeskummer wie Junkies seien, hoffnungslose Fälle. Wenn ich dann sagte, dass man Junkies sehr wohl helfen könne, indem man sie auf Entzug setzte nämlich, nannte sie mich Kontrollfreak. Ob wir Ela etwa verbieten sollten, von Derek zu reden? Am Ende sei das alles ohnehin nur eine narzisstische Kränkung, es gehe Ela nicht um Derek. Die interessiert sich erst seit der Trennung für den, sagte Katja, und in dem Moment dachte ich: Für wen interessiert sich eigentlich Katja?

Ihrem Ex, dem Schauspieler aus Wien, schien sie nicht nachzutrauern. Sie hatte auch nur ein einziges Mal von ihm erzählt, nämlich davon, wie sie zu einem Heurigen bei Wien gefahren waren, wo er sein Fahrrad so umständlich am Zaun des Lokals angekettet hatte, bis jeder Einzelne in dem Gastgarten begriffen hatte, dass sich gleich ein Burgschauspieler zu ihnen gesellen würde. Er hat sein Scheißfahrrad dreimal umgeparkt, hatte Katja geschimpft, dreimal, und als wir uns endlich einen Tisch gesucht hatten, hat er so getan, als würde er nicht merken, dass ihn alle anstarren!

Davon abgesehen: nichts.

Katja erzählte immer nur Geschichten aus dem Leben anderer Menschen, immer nur Geschichten, in denen anderen etwas passiert war, andere litten, andere schlecht wegkamen, nie sie selbst. In all den Nächten am Tresen teilte sie keinen einzigen Kummer oder Selbstzweifel. Und selbst die Männer schienen ihr nichts anzuhaben. Wenn mich einer nicht mehr mag, erklärte sie, dann mag ich ihn eben auch nicht mehr. Wieso soll ich einem hinterherrennen, der nicht will?

Ja, wieso nur.

Ich kriegte es nicht hin, Ela zu widersprechen. Ihr zu sagen, dass es gut war, dass sie Derek los war. Und dass sie sich besser mal mit anderen Menschen beschäftigte. Ich schwieg, als sie erklärte, dass ihr klar geworden sei, dass Derek ein Verlorener sei. Und dass ein Verlorener wie er in einem so riesigen Land wie Amerika erst recht verloren sei und dass er deshalb nach Deutschland gekommen sei, weil es in Deutschland mehr Platz für einen Verlorenen wie ihn gebe.

Und ich hielt auch still, als sie von der ersten Wiederbegegnung seit der Trennung berichtete. Fast jedenfalls.

Ela begann ihren Bericht nicht mit dem Moment, in dem sie Derek gesehen hatte, sondern mehrere Tage zuvor, als sie von einem Bekannten erfuhr, dass Derek fünf Kilo zugenommen hatte. Sie wog ab, ob das bedeutete, dass er traurig war oder seine Karriere als Tänzer aufgegeben hatte oder beides. Anschließend ging sie Wochentag für Wochentag ihre Gefühle durch, bis sie beim Freitag angelangt war, dem Tag des Wiedersehens. Meinen Kaffee hatte ich längst ausgetrunken, ich weiß das noch so genau, weil ich dachte: Mein Kaffee ist schon leer, und sie hat ihn immer noch nicht wiedergesehen!

Ela war an jenem Tag nach Mitte gefahren, zu den Sophiensälen, wo ein Tanzfestival stattfand, bei dem Derek früher aufgetreten war. Sie sei ein paarmal um das Gebäude herumgelaufen und habe ihn irgendwann tatsächlich am Eingang stehen sehen. Er habe kurz in ihre Richtung geblickt, aber statt zu ihr zu kommen, habe er sich umgedreht, als würde er sie gar nicht kennen. Ich bestellte noch einen Kaffee. Erst als ich auch den fertig hatte, war Ela endlich leergeredet. Nur mir fehlte noch ein Detail, also fragte ich: Ja, aber hat er denn jetzt so zugenommen oder nicht? Diese Frage schien Ela aus einer Art Trance zu reißen.

Das weiß *ich* doch nicht, fauchte sie, ich hab ihn ja nur drei Sekunden gesehen!

Einige Wochen später sah ich Derek dann auch.

In Potsdam bei einer Ausstellungseröffnung einer holländischen Bildhauerin, die ich betreute. Ich kannte ihn nur von Fotos, wusste aber sofort, dass er es war. Er war so dürr wie immer. Er stand in einer Ecke des Ateliers und küsste einen etwas kleineren, aber nicht weniger schlanken Mann.

Die Szene stieß mich ab.

Nicht, weil sich da zwei Männer küssten. Mich stieß ab, dass sich da zwei Menschen küssten, denen man anmerkte, dass sie nicht knutschten, weil sie einander mochten. Sie küssten sich, weil sie wussten, wie gut sie dabei aussahen. Es war ein Schauspiel, das spürte ich deutlich, und deshalb erzählte ich Ela auch nichts davon, nicht mal Katja. Ich vergaß es einfach wieder.

Schließlich hatte Derek eine neue Freundin. Ela kriegte es nur mit, weil sie ihn online immer noch überwachte, es schien eine Art Zwang zu sein. Die Nachricht führte aber zu einem schönen Dialog zwischen ihr und Katja, als Ela erklärte, was die Neue beruflich machte.

Ela: Die macht in Öl.

Katja: Olivenöl?

Ela: Nee. So ätherische Öle.

Katja: Also Öl für die Seele, nicht für den Salat.

Ein anderes Mal überreizte es Katja, als sie Ela riet, sich ein Haustier zuzulegen. Sie sagte, halb im Spaß: Ela, vielleicht brauchst du einen Hamster, worauf Ela abermals aufsprang. Ich weiß nicht mehr, wo wir waren, aber ich sehe sie aufspringen und rufen: Mensch, Katja, manchmal bist du echt zum Kotzen!

Katja wurde nicht rot oder kleiner, im Gegenteil. Sie richtete sich sogar ein wenig auf, und ihr Gesicht wurde lebendig. So als würde sie gleich einen Boxkampf zu sehen bekommen – einen mit ihr selbst im Ring.

Ich will keinen Hamster!, schrie Ela. Wenn, dann will ich ein Haustier, das sich *freut*, wenn ich heimkomme!

Damit ließ sie uns wieder sitzen, und ich wartete darauf, dass Katja applaudierte. Sich selbst. Oder Ela.

Ich verließ den Strand und machte mich auf den Rückweg. Der Himmel war klar, heute sollte es nicht regnen. Auf meiner Terrasse sah ich mich nach der kleinen Katze um, war aber froh, dass sie nicht kam. Die Tage erschienen mir kürzer, vermutlich, weil sie es waren. Es war auf der Insel eine Stunde später als in Berlin.

Ich blieb noch ein wenig auf meiner Bank sitzen und schaute in den Sonnenuntergang. Auf dem Meer entdeckte ich ein Fährschiff, das ich in den nächsten Wochen fast täglich sehen sollte. Es pendelte zwischen der Insel und dem Festland, morgens fuhr es nach Athen, abends kam es zurück. Irgendwas an diesem Schiff beruhigte mich. Als wäre es jeden Abend ein Zeichen dafür, dass ein weiterer Tag zu Ende gegangen war.

Einer, den ich überstanden hatte.

Als die Sonne über der Insel ganz verschwunden war, schrieb ich Ela, um mich noch einmal zu bedanken. Danach suchte ich auf Instagram den Post über die Unterkunft. Der bärtige Mann, den sie mir gezeigt hatte, war zweifellos Paolo, nur dicker und fröhlicher. Das mit dem Mokka war wirklich albern: Auf einem zweiten Foto hielt eine Frau ihren Kaffee in die Kamera, daneben eine Menge Schwachsinn.

*#bestmokkaever #goodcoffeegoodlife #handmadefirst #qualitytime #happyholidayhappylife #happygreecehappyeurope.*

Weiter unten stutzte ich.

Ein dritter Post zeigte die Frau zusammen mit Paolo. Bevor ich es genauer anschauen konnte, hörte ich ein Knacken.

Ich beugte mich über das Terrassengeländer.

Unten stand der Esel, angebunden an einen Baum, vor ihm Paolo, ganz nah. Seine Hand ruhte auf der Stirn des Tieres, zwischen den Augen.

Ich drehte mich um, instinktiv, und ging nach drinnen.

Es fühlte sich an, als hätte ich heimlich durch ein Schlüsselloch geblickt.

# 3

Die zweite Nacht schlief ich durch. Aber als ich am Morgen erwachte, hatte ich den Schreibtisch im Kopf, an dem ich so viele Jahre gesessen hatte. Ich erinnerte mich an den Blick durch das Fenster hinaus in den Garten der Villa. Und ich dachte an den schottischen Haferbauern. Daran, wie sein Name irgendwann wieder in meinem Postfach aufgetaucht war.

Er lud mich und eine Kollegin nach Edinburgh ein, vielleicht fühlte er sich dazu verpflichtet, denn die *New York Times* liebte sein Buch – das Buch, das er bei uns geschrieben hatte. Meine Kollegin wurde krank, und der Schotte musste kurzfristig für einen Termin nach London, den er nicht absagen konnte. Er war untröstlich und ich schon in der Luft. Ich landete am späten Samstagnachmittag und konnte nichts mit mir anfangen. Mit mir nicht und mit der Stadt nicht, sie erschien mir klein, grau, trostlos. Was hatte ich erwartet?

Ich ging früh schlafen.

Am Sonntagmorgen war Edinburgh wie verwandelt. Die Sonne schien, in den Cafés standen Türen und Fenster offen, das Viertel, in dem ich wohnte, vibrierte. Es war ein ungewöhnlich milder Tag, obwohl noch März war. In einer Seitenstraße blieb ich vor einem Lokal stehen, hinter den Fenstern Musiker, ein Saxofon, ein Klavier, ein Schlagzeug. Die Musik klang heiter, drinnen tanzten ältere Paare.

Männer, die nach künstlichen Hüften aussahen, wirbelten Frauen umher, außer dem Barkeeper und der Band gab es niemanden, der sich nicht quer durch den Raum bewegte. Die Frauen trugen bunte Sommerkleider ohne Strumpfhosen, die Männer elegante Hemden, manche übermütig aufgeknöpft.

Ich stand im Eingang und schaute ihnen zu.

Ich war nüchtern, hatte noch nicht einmal gefrühstückt, trotzdem ergriff mich eine seltsame Zuneigung für diese fremden Paare. Die Art Zuneigung, die einen manchmal nach ein paar Gläsern Wein überkommt, wenn das Herz ein bisschen größer wird. Gleichzeitig wurde mir klar, dass das, was ich da beobachtete, nichts mit meiner eigenen Beziehung zu tun hatte, gar nichts. Ich war damals schon eine Weile mit Simon zusammen, und es reichte, mir ihn in diesem Lokal nur vorzustellen. Ich glaube, ich wurde sogar rot.

Simon bekam ein halbes Jahr nach Katjas Hochzeit ein Stipendium bei uns. Hipstercroissants musste ich schon lange keine mehr aufbacken, ich arbeitete mittlerweile Vollzeit für die Residenz. Die Betreuung der Künstler war immer aufwendiger geworden, allein ihre Essenswünsche zu erfassen und den wöchentlichen Menüplan darauf abzustimmen, dauerte oft einen ganzen Tag. Den Winter, in dem ich Simon kennenlernte, verbrachte ich fast ausschließlich in Brandenburg oder in meinem Bett. Ich brauchte eine Pause von den Orten, die mit Katja verbunden waren.

Seit sie geheiratet hatte, sah ich sie seltener. Sie behielt zwar ihre Wohnung in der Graefestraße, zu der ich bis heute einen Schlüssel habe, aber sie verbrachte die meiste Zeit bei Gustav. Er hatte für sie Zürich verlassen und einen dieser seelenlosen Glaswürfel mit Panoramablick über den Potsdamer Platz gekauft. Als Schweizer konnte er nicht begreifen, warum Menschen bereit waren, eine halbe Million Euro für eine Wohnung in einem Stadtteil wie Neukölln zu bezahlen. Was ihn nur wieder sympathisch machte. Wie gesagt: Es gab nichts, was ich gegen ihn haben konnte.

Aber Katja wirkte, als versuchte sie plötzlich, eine andere zu sein. Es war nicht so, als hätten wir uns gar nicht mehr gesehen, es war nur so, dass ich zu einem Termin geworden war. Jemand für ein Zeitfenster. Statt richtig mit mir auszugehen wie früher, bestellte sie mich jetzt in ihr Restaurant, um dort etwas mit mir zu trinken, ein, zwei Stunden, bevor es öffnete. Danach musste sie arbeiten oder war mit anderen Leuten verabredet. Leuten aus Wien, Leuten von früher, Leuten, die ich nicht kannte.

Das war sonst nie so gewesen.

Ich hatte bis dahin auch nur ein paarmal in ihrem Restaurant gegessen. Sie machte dort nichts im Service, dafür war sie zu ungestüm, und sie kochte auch nicht, dafür war sie zu ungeduldig. Aber sie schien im Hintergrund alles zusammenzuhalten, ohne dass ich sie jemals einen Befehl hätte aussprechen hören. Ihre bloße Anwesenheit reichte.

Es war klar, dass sie als Inhaberin nicht betrunken am Tresen ihres eigenen Ladens gesehen werden wollte. Seit sie mit Gustav zusammen war, trank sie aber kaum noch, und als ich sie an einem Abend überreden wollte, noch ein drittes Glas mit mir zu nehmen, sagte sie etwas, das mich so vor den Kopf stieß, dass wir danach beide schwiegen, bis ich aufstand, sie sitzen ließ und mich mehrere Wochen nicht bei ihr meldete.

Was machen wir hier eigentlich?, hatte sie gefragt. Willst du mit mir reden oder willst du dich betrinken und brauchst dafür jemanden, weil du dich sonst schämst?

Die Wahrheit war: Ich wollte mich betrinken, aber ich wollte mich mit *ihr* betrinken. Wie früher.

Mir war nicht klar gewesen, dass unsere Barjahre abgelaufen waren. Ich wusste, wie schal sich viele Morgen angefühlt hatten, aber spätestens am Abend hatte ich mich auf die nächste Nacht gefreut. Diese Art Leben war mir als einziger vernünftiger Grund dafür erschienen, in Berlin leben zu wollen. War hier überhaupt jemand nüchtern?

Simon trank gar nicht. Er war der erste Künstler, auf den ich mich einließ. Verhältnisse mit Stipendiaten waren nicht verboten, aber selbst wenn, hätte es mich nicht abgehalten. Es war eher so, dass ich auf der Arbeit die Kontrolle behalten wollte, wenn sie mir sonst schon oft genug entglitt.

Simon wurde mit dem Exposé zu seinem Debüt eingeladen, einem Band mit zehn Kurzgeschichten, in denen der Protagonist jedes Mal Simon hieß, in verschiedenen Jahrzehnten lebte und in keinem dieser Jahrzehnte ernsthaft lieben konnte. Der echte Simon durfte nur kommen, weil der serbische Autor, der ursprünglich als Gast vorgesehen war, sich zwei Tage vor seiner Anreise in einem Münchner Nobelhotel erschossen hatte, und weil der Nachrücker, ein spanischer Krimiautor, abergläubisch war und nicht den Platz eines Selbstmörders einnehmen wollte, Berlin hin oder her. Es blieben also die elf Simons oder eine bekannte finnische Kinderbuchautorin, die eine bestimmte Internetgeschwindigkeit zur Arbeitsbedingung gemacht hatte, aber die Villa stand ja in einem Wald in Brandenburg, und Kinderbücher winkte die Jury nur durch, wenn es wirklich nichts anderes mehr gab.

Ich hatte Urlaub, als Simon eintraf.

Ich sah ihn erst beim Get-together, einem monatlichen Treffen, bei dem sich die aktuellen Künstler vorstellten. Die meisten blieben einen Monat, wenige zwei oder drei, wir hatten Platz für zehn Stipendiaten. Die Treffen fanden im Wohnzimmer der Villa im Erdgeschoss statt, zwanzig Reihen mit Stühlen standen dort, es wurden Geldgeber eingeladen und Szenemenschen – Leute, über die sich andere Leute so ernsthaft unterhielten, dass ich sie sekundenlang anstarren konnte, ohne dass sie es bemerkten. Manchmal kam auch der US-Botschafter, es gab keine Häppchen, aber sehr viel Wein.

Die Künstler präsentierten sich und ihre Projekte an einem Tisch im Erker. Die Musiker, fast immer Pianisten, spielten etwas von ihren Telefonen ab, was mich jedes Mal irritierte, weil es nicht zu allem anderen passte, dem Kronleuchter, den Magazinen, die über diese Musiker schrieben, dem üppigen Stipendium, seit Jahren ausbezahlt in US-Dollar. Die Fotografen, Illustratoren und bildenden Künstler benutzten den Beamer, um ihre Werke zu zeigen. Keiner war jemals in den dafür vorgesehenen fünfzehn Minuten fertig geworden. Ich musste mich dann hinter die Künstler stellen und ihnen an die Schulter fassen. Die meisten waren bei dieser Geste augenblicklich verstummt, als hätte ich sie mit einer Pistole bedroht.

Simon saß in der Reihe schräg vor mir und hatte sein linkes Bein großzügig über das rechte geschlagen. Er war als Letzter dran, die Schriftsteller waren immer als Letzte dran. Vielleicht, weil sie sich so schwer damit taten, zu erklären, woran sie schrieben, und die meisten so leise redeten.

Als Simon aufstehen wollte, fiel er der Länge nach hin.

Er versuchte, sich an dem Servierwagen neben ihm festzuhalten, und riss ihn mit sich, den Wagen und die Karaffen und die Gläser darauf. Es machte einen solchen Lärm, dass die norwegische Fotografin hinter mir erst aufschrie und dann lachte und dann gar nicht mehr damit aufhören konnte.

Sein Bein war eingeschlafen.

Das erklärte Simon, als ich zu ihm ging, um zu sehen, ob er sich verletzt hatte. Mein Bein ist eingeschlafen, sagte er, und dann sagte er es nochmal. Inzwischen war auch der Europadirektor bei uns, ein schmaler Mann, der sich selten blicken ließ, er lebte in Liechtenstein. Er sah besorgt aus und fragte, ob er einen Arzt rufen solle, aber Simon und ich schüttelten gleichzeitig den Kopf. Alle miteinander machten wir

Ordnung, Simon setzte sich zurück auf seinen Stuhl, wo er wartete, bis er sein Bein wieder spürte.

Kribbelt bestimmt, sagte ich.

Er nickte, konnte mir aber nicht in die Augen sehen.

Ich setzte mich trotzdem zu ihm, während die anderen zu trinken anfingen. Jemand hatte bereits neue Weinflaschen und Gläser gebracht, keiner wollte noch wissen, woran Simon während seines Stipendiums arbeiten würde. Ich schlug vor, an die frische Luft zu gehen, er tat mir leid, draußen war sein Gesicht immer noch rot. Wir standen voreinander, als ein Schwarm Gänse über den weißen Winterhimmel zog, so laut, dass wir beide nach oben schauten und ihnen hinterherblickten.

Ich dachte: Aber wieso fliegen sie denn in die Stadt hinein?

Simon sagte: Falsche Richtung!

Und damit ging er wieder nach drinnen.

Wir sahen uns den restlichen Monat nicht wieder. Er hatte keine Fragen, schrieb abgeschottet vor sich hin, aber einen Tag nach seinem Auszug schickte er mir eine Mail und fragte, ob er am nächsten Abend für mich kochen dürfe. Ich saß gerade über der Bewerbung eines Ecuadorianers. Ich wusste nicht, in welche Kategorie Kunst ich sie einordnen sollte, bevor ich sie an die Jury weiterleitete. Er machte etwas mit Licht, das ich nicht verstand. Als Simons Mail aufploppte, antwortete ich umgehend. Er gefiel mir nicht mal richtig, ich weiß nicht, was es war. Danach schickte ich dem Ecuadorianer eine Absage, fuhr den Rechner herunter und schloss das Büro ab. Ich war die Letzte, draußen stürmte es. In der S-Bahn wusste ich, dass von nun an etwas anders sein würde.

Wir entwickelten eine Art Stundenplan. Jeden Mittwoch schlief ich bei ihm in Schöneberg, die Wochenenden verbrachten wir bei mir in Friedrichshain. Samstags fuhren wir manchmal nach Neukölln und gingen zur Horrorfilmnacht im Rollberg Kino. Simon fand, von nichts lerne man so viel über das Erzählen wie vom Plot schlechter Filme. Mir waren die Filme gleich, mir waren die Horrorfilmfans sympathisch. Sie lachten oder klatschten an den gruseligsten Stellen, manche johlten, es war ein einziges Mitfiebern. Simon saß aufrecht neben mir und machte sich Notizen. Wie gesagt: Ich weiß nicht, was es war.

Am Anfang musste ich mich überwinden, mit ihm zu schlafen. Ich mochte seinen Geruch nicht, er erinnerte mich an Babys. Simon war mir zu glatt, zu groß, zu deutsch. Auch später löste Sex mit ihm nie wirklich etwas in mir aus. Heute glaube ich, es war das Bild von uns als Paar, das mir etwas gab. Dabei hatte ich doch das nie sein wollen: eine Frau in einer Beziehung.

Vielleicht konnte ich meine Zweifel so gut ignorieren, weil es Simon ähnlich zu gehen schien. Als ich ihn einmal fragte, wieso er mich damals angeschrieben hatte, antwortete er: Weil ich wusste, dass ich mich auf dich verlassen kann! Wie wenig diese Antwort mit mir zu tun hatte und wie viel mit ihm. Wie viel alles mit ihm zu tun haben musste. Es dauerte, bis ich das begriff.

Am Anfang fand ich ihn vor allem verwegen.

Eines der ersten Wochenenden verbrachten wir in Paris. Wir waren mit seinem Auto gefahren und hingen in einem dieser fünfspurigen Kreisel fest. Vorne ging nichts und hinten auch nicht, um uns herum blanke Nerven und dazwischen diese schadenfrohen Halbstarken auf ihren Mofas, die sich überall durchschlängelten, sodass sie jeder Autofahrer erschießen wollte. Simon, der am Steuer saß und schon verdächtig lange nichts mehr gesagt hatte, erinnerte mich zunehmend an Homer Simpson, wie er einmal sein Auto in New York abholen muss, weil Barney es dort betrunken geparkt hat. Alles geht schief, am Ende fährt er mit zerbrochener Windschutzscheibe zurück, Müll fliegt ihm ins Gesicht, ein Auge zuckt vor Zorn. So ähnlich sah Simon aus. Denn fast noch schlimmer als der Stau vor uns war der Wagen hinter uns, darin ein kleiner Franzose, der abwechselnd hupte und fluchte, als würde das irgendwas ändern. Schließlich nahm Simon mir meine Cola ab, zog die Handbremse und stieg aus.

Ich beobachtete alles im Rückspiegel.

Eine Szene für die Ewigkeit.

Simon, wie er zu dem Auto des Franzosen geht, vor der Fahrertür stehen bleibt und sie einfach öffnet. Der Franzose, der im selben Moment von seiner Hupe ablässt und Simon ungläubig ansieht. Simon, der meine Cola aufdreht und sie dem Franzosen bis zum letzten Tropfen über den Kopf schüttet. Der Franzose, der Simon immer noch ansieht, nass jetzt, und reglos sitzen bleibt. Simon, der zu mir zurück kommt und sagt: So!

Ich bat ihn, uns wenigstens einzuschließen.

Aber der Franzose rächte sich nicht.

Vielleicht, weil von Simon etwas Absolutes ausging.

Vielleicht, weil man sich Menschen, von denen etwas Absolutes ausgeht, nicht entgegenstellt.

Dass er nicht trank, verkündete er schon am ersten Abend. Er fragte nicht, was ich davon hielt, er rechtfertigte sich auch nicht. Er stellte einfach seine Bolognese auf meinen Küchentisch, sah mich an und sagte: Ich trinke keinen Alkohol! Ich will echte Gefühle, keine künstlichen!

Das war's, keine weitere Erklärung.

Ich glaube, ich nickte. Ich sah es sogar als Zeichen, jemanden getroffen zu haben, der abstinent lebte. Ich hatte bis dahin in Berlin noch keinen einzigen Mann kennengelernt, der nicht wenigstens ein kleines Alkohol- oder Pillenproblem hatte. Ich hatte bis dahin auch noch keinen einzigen Mann meinen Eltern vorgestellt. Aber jetzt, wo es einen gab, den ich hätte mitbringen können, wollte ich nicht. Ich hatte Angst, dass Simon eine Ähnlichkeit zwischen ihnen und mir feststellen könnte, von der ich nichts ahnte.

Eine, die so unvorteilhaft wäre, dass er sie nicht mehr vergessen könnte.

Wir fuhren stattdessen zu meiner Schwester.

Sie lebte mit einem Windhund namens Karl zusammen und arbeitete als Erzieherin. Ins Kino war sie das letzte Mal gegangen, als Hauptrollen noch mit Hugh Grant besetzt wurden. Warum ich nach Berlin gezogen war, verstand sie nicht. Wovon ich lebte, auch nicht. Meine Schwester konnte nichts mit Menschen anfangen, die sich für etwas anderes hielten als Menschen. Ein Künstler, sagte sie, was soll das sein? Wenn, dann sind wir alle Künstler! Das Einzige, worauf wir uns einigen konnten, waren die *Simpsons.*

Simon und ich besuchten sie für einen Nachmittag in ihrem Garten im Hamburger Norden, es redete fast nur er. Ich weiß nicht mehr, worüber, nur, dass meine Schwester mich zur Seite nahm, als er schon zum Auto vorausgegangen war.

Sie sagte: Mit Drogen fängst du jetzt aber nicht auch noch an, oder? Weil das wär schade!

Ich musste laut herauslachen. Aber als ich ihr erklärte, dass Simon nicht einmal trank, war meine Schwester es, die mich auslachte. Nur: Simon trank wirklich nicht. Seine Exzentrik beruhte auf seinen Neurosen. Wenn, dann war er süchtig nach seinem Schreibtisch. Und auch wenn wir uns regelmäßig sahen, war er es, der über unsere Zeit bestimmte. Sie war exakt bemessen.

Sonntags verließ er meine Wohnung sofort nach dem Aufstehen, kein einziges Mal machte er eine Ausnahme. Montags und dienstags hörte ich gar nichts von ihm, erst mittwochs, wenn ich ihn am Abend besuchte, war er wieder ansprechbar, und donnerstags war ich es, die morgens gehen musste. Spontane Treffen waren nicht möglich. Unternahmen wir eine Reise, war die Wochen im Voraus geplant und ging nie über zwei Nächte hinaus. Nähe ertrug er nicht, und das Schlimmste für ihn war Frühstücken. Er behauptete: Wer zu früh isst, lässt die Luft aus dem Tag.

Vielleicht war das den Frauen, die es vor mir gegeben hatte, zu blöd gewesen. Vielleicht war es das, was er meinte, als er gesagt hatte: Ich wusste, dass ich mich auf dich verlassen kann. Vielleicht hatte er damit gesagt: Ich wusste, dass du nach meiner Pfeife tanzt.

Aber ich wollte das, ich wollte nach seiner Pfeife tanzen. Mich beeindruckte, wie ernst er sich nahm. Dass er sein Leben lebte, als würde es darin wirklich um etwas gehen.

Immer ging er einen Tick zu entschlossen, immer einen Tick zu schnell, immer wirkte er leicht gehetzt, immer leicht genervt, aber sobald er sich irgendwohin setzte und einen anschaute, war er voll da. Erzählte ich etwas, unterbrach er mich nie, er zog auch keine voreiligen Schlüsse, ja, er war ausgesprochen höflich, wenn er jemanden mochte. Er hörte sich an, was man zu sagen hatte, und fällte erst nach ein paar Nachfragen sein Urteil. Oft ein böses, über das ich lachen musste, während er unbewegt dasaß.

Dieses Unterkühlte zog mich lange an.

Aber die Momente, in denen er mir am liebsten war, waren die, in denen er seine Beherrschung verlor. Wenn er sich selbst vergaß. Simon war schön, wenn er lachte.

Ich glaube nicht, dass er das wusste.

Wir waren ungefähr ein Jahr zusammen, als er eine Zusage für ein Aufenthaltsstipendium in Paris erhielt. Er bekam es als Auszeichnung für den Kurzgeschichtenband mit den zehn Simons. Er hatte mir das Buch geschenkt, ich kam nie über den Klappentext hinaus. Irgendwann ließ ich es absichtlich in der Ringbahn liegen. Ich ahnte, dass mir nicht gefallen würde, was er machte. In seiner Wohnung standen nur Bücher von Alkoholikern und Ehebrechern herum, Bukowski, Frisch, Knausgård, die reinste Gockelzucht. Simon besaß nicht ein Buch von einer Autorin, aber er verehrte Houellebecq. Ich las seit Jahren nur noch Frauen. Vielleicht fing das mit *Simultan* von Ingeborg Bachmann an. Ich hatte es mir an meinem dreiundzwanzigsten Geburtstag in einem Antiquariat in Charlottenburg gekauft, nachdem ich mit meiner Schwester Torte essen gegangen war. Wir machen das seit Jahren: Torte essen gehen, wenn die andere Geburtstag hat. Nur wir beide.

An jenem Tag hatte sich meine Schwester über ihrem Porzellanteller wie ein fertiger Mensch benommen, wie eine Erwachsene saß sie vor mir und sagte: Man kann so wenig ändern, auch wenn man alles begriffen hat!

Ich hatte keine Ahnung, wovon sie sprach.

Sie hatte nie einen Mann erwähnt, gab keinerlei Einblick in ihr Liebesleben, und ich hatte damals keines. Ich bezog den Satz auf unsere Eltern, und er beeindruckte mich. Er hatte so etwas angenehm Müdes. Es war ein Satz, den nur eine Frau sagen konnte, die etwas vom Leben gelernt hatte.

Ich wollte die Dinge auch endlich begreifen. Oder zumindest so aussehen. Ich hatte gerade die Stelle in der Künstlerresidenz bekommen, alles schien möglich. Nachdem ich meine Schwester zum Bahnhof gebracht hatte, fuhr ich noch einmal zum Ku'damm. Ich nahm mir vor, ein teures Kleid zu kaufen, als ich in einer Seitenstraße auf das Antiquariat stieß. Der

Bachmann-Band lag im Schaufenster und kam mir gerade recht.

Ich wartete lange, bis ich Katja von Simon erzählte. Wir hatten inzwischen einige Male Kaffee miteinander getrunken, uns vorsichtig angenähert, den Streit nicht erwähnt. Nun waren wir in der Hasenheide spazieren gegangen, ein heller Frühsommertag, aber erst kurz vor dem Abschied rückte ich mit Simon heraus. Es fühlte sich wie eine Beichte an. Wir standen an einer Ampel am Columbiadamm, den Katja gerade hatte überqueren wollen. Sie unterbrach mich: Ich kann mich nicht konzentrieren, wenn wir an dieser Ampel stehen! Wir gingen ein Stück zur Seite, ich erzählte weiter, und als ich fertig war, schwieg sie.

Dann: Aber er gefällt dir doch auch, oder?

Ich weiß nicht mehr, was genau ich darauf antwortete.

Aber mein Geständnis führte dazu, dass wir den Abend miteinander verbrachten, obwohl wir uns gerade hatten verabschieden wollen. Wir spazierten stattdessen zur Graefestraße, holten uns Pizza und aßen auf Katjas Balkon. Sie entschuldigte sich, so wenig Zeit für mich gehabt zu haben, erklärte es aber nicht weiter, sprach auch von keinem dieser Bekannten aus Wien, die ihr auf einmal so wichtig gewesen waren. Sie beteuerte, ich könne weiter bei ihr ein und aus gehen, wenn ich Friedrichshain einmal wieder nicht ertrage, ihre Wohnung sei mein zweites Zuhause.

Dass sich daran nichts geändert habe, betonte sie.

Wir sahen uns nach diesem Abend nicht unbedingt viel öfter, das dauerte bis zum Sommer im Jahr darauf, aber es stand nichts mehr zwischen uns. Wenn ihr Name auf meinem Telefon erschien, fühlte sich das ein bisschen an wie früher, wenn sich einer dieser Männer meldete, auf deren Nachrichten ich immer etwas verloren und unangemessen sehnsüchtig gewartet hatte. Es war eine Bestätigung.

Ela freute sich schrecklich für mich, als ich ihr von Simon erzählte. Ich hatte Angst gehabt, die Nachricht könnte sie runterziehen, und sie deshalb noch später als Katja eingeweiht, aber es schien ihr Hoffnung zu geben, selbst wieder jemanden zu finden. Sie wollte alles wissen: Wie oft Simon und ich uns trafen, worüber wir redeten, wie das Verhältnis zu seiner Mutter war, was mich an ihm nervte, was ich an ihm liebte. Irgendwann dachte ich: Schade eigentlich, dass ich ihn dir nicht einfach überlassen kann! Ela hätte sich so viel enthusiastischer in diese Sache gestürzt als ich.

Als Simon von dem Stipendium erzählte, freute ich mich mehr für mich als für ihn. Auf die Aussicht, im nächsten Jahr einen eigenen Sommer zu haben, einen mit Katja und Ela. Das war mein erster Gedanke. Aber Simon war so high von seinem Erfolg, dass er das gar nicht bemerkte. Er sprach nur von seinem zweiten Buch, das er in Frankreich schreiben würde, ein moderner Gothic-Roman schwebte ihm vor, erzählt anhand eines verarmten deutschen Adelsgeschlechts. Ich war sicher, dass er eine gallige Satire im Sinn hatte, fand den Ansatz vielversprechend, aber als ich ihn danach fragte, reagierte er verschnupft. Er dachte wohl eher an Ernst August trifft Emily Brontë 2.0, aber er las ja keine Frauen. Ich beschloss, mich nicht weiter einzumischen. Wir machten aus, dass ich ihn in den sechs Monaten zweimal besuchen würde, und ich war überrascht, dass er mir jeweils eine ganze Woche zugestand, nicht nur zwei Nächte. Dann wurde mir klar, dass er davon ausging, dass ich nicht bei ihm wohnen würde, sondern in einer eigenen Unterkunft.

Kaum war Simon fort, trommelte ich Katja und Ela zusammen. Wir endeten in einer Eckkneipe im Wedding. Draußen tobte der Erste Mai, drinnen tranken wir Sekt auf Eis. Ich gab ein Best-of der schlimmsten Künstler und blieb bei einer einundzwanzigjährigen Kulturdesignerin aus Heidelberg hängen, die während eines Abendessens ihre Vision vom Tourismus der Zukunft ausgebreitet hatte. Dass man die ernsthaft Reisenden von den Amateuren trennen musste, hatte sie verkündet. Dass man die ohnehin überfüllten und gesichtslosen Viertel beliebter Städte für die Lemminge abschotten müsse und dass der authentische Rest einer Stadt, ja eines ganzen Landes nur für diejenigen zugänglich sein dürfe, die mindestens zehn Sätze in der Landessprache beherrschten, wüssten, wer das Land regierte, und sich schriftlich verpflichteten, ausschließlich in einheimischen Lokalen zu essen, und zwar bei solchen, die keine Fotos von den Gerichten in der Speisekarte hatten. Für die USA gab es nur eine einzige Regel, so effizient wie einfach: Jedem Deutschen, der dort landete, würde man noch am Flughafen ein Exemplar des Romans *American Psycho* unter die Nase halten mit der Aufforderung, den Titel vorzulesen, und jeder, aber wirklich jeder, der das *P* in *Psycho* mitsprach, würde umgehend in ein Flugzeug gesetzt, das ihn zurück nachhause brachte. Es heißt *Seiko*, nicht *Pseiko*!, hatte die Frau während des Nachtischs fünf Mal gesagt, jedes Mal ein wenig pikierter. Ich imitierte es nun, und Katja schrie den Tresen an: Das *P* ist stumm!, während Ela den Umsitzenden erklärte: Snobs sind die, Snobs!

Und ich wieder: Es heißt *SEIKO*!

Und Katja: Das *P* ist STUMM!

Und Ela: Snobs sind die, Snobs!

Irgendwann sagte der Barmann: Ihr spinnt doch alle drei.

Der Sommer verflog.

Wir fuhren zum Schwimmen in die Wuhlheide, wir aßen Pommes und Eis mit Kaugummi im Stiel, wir schauten in den Himmel und zweifelten einmal nicht an Berlin. Katja und Ela stritten, wenn Katja zu ungeduldig auf Elas Selbstmitleid reagierte, aber Elas Kummer verwandelte sich, Ela veränderte sich. Da kam eine neue Frau zum Vorschein.

Es war Anfang September, als sie nicht mehr von Derek erzählte, sondern davon, dass sie ihre Stelle am Gymnasium zum Ende des kommenden Halbjahres gekündigt und außerdem zum Januar einen Mietvertrag für einen kleinen Laden in Rixdorf unterschrieben habe. Und nicht nur für den Laden, sondern auch einen für eine Wohnung in der Nähe, in die sie schon zum Oktober ziehen wollte. Sie fragte, ob ich ihre alte Wohnung in der Graefestraße übernehmen wolle.

Die Frage drang nicht gleich zu mir durch.

Katja und ich waren fassungslos, dass Ela das alles nicht nur alleine entschieden, sondern auch durchgezogen hatte. Und nicht einmal gestresst oder verunsichert wirkte. Sie berichtete davon in größter Ruhe, und alles klang so durchdacht, dass keiner von uns eine Nachfrage einfiel.

Einen Monat später, Simon war gerade zurück aus Paris, zog ich in Elas alte Wohnung. Zwei Zimmer, Balkon, Badewanne, Katja wohnte nur fünf Häuser weiter. Es fühlte sich so gut an, dass ich mir schon kurze Zeit später nicht mehr vorstellen konnte, wie ich so lange in einem unsanierten Loch in Friedrichshain hatte überleben können. Bald besuchte ich auch Ela in Rixdorf und begriff, dass Ela wirklich nicht mehr Ela war.

In ihrer alten Wohnung hatte das Chaos regiert, eines, das mich nie nervös gemacht hatte, weil es so gemütlich gewesen war. Ela hatte zu viele Teppiche gehabt und an den Wänden Poster, und ihr Geschirr hatte sie in einer Kommode verwahrt, die immer klemmte und eigentlich in ein Schlafzimmer gehörte. Einmal hatte ich an der Spüle eine 5 Minuten Terrine gesehen: *Kartoffelbrei mit Fleischklößchen*. Aber jetzt standen auch in Elas Küche all diese Flocken und Körner in Einmachgläsern. Sonst schien nichts übrig. Elas gesamter Besitz war hinter Schranktüren verbannt, die Wände und Böden kahl, keine

Teppiche, nirgends Deko. Alle Möbel waren dunkelbraun und unauffällig und makellos.

Als wollten sie niemanden belästigen.

Die Wohnung hatte etwas so Kalkuliertes, dass ich mich fragte, ob Ela glaubte, dass am Ende ihres Lebens einer mit einem Abzeichen auf sie warten würde: Also du hattest den besten Geschmack von allen!

Aber wo ist denn dein ganzes Zeug?, fragte ich.

Verschenkt, weggeschmissen, gespendet, antwortete sie.

Man hörte ihr an, dass sie das öfter sagen musste.

In ihrem neuen Schlafzimmer stand ein neunzig Zentimeter breites Bett. Schick, aber viel zu schmal. Ich deutete darauf, und Ela verkündete: Das Bett ist ein Versprechen an mich selbst.

Um rauszufallen?

Um keine Beziehung mehr zu führen.

Ich hatte zwei Gedanken, der erste war: Gut, Sex kann sie auch auf dem Boden oder in der Küche haben. Der zweite war: Sie wird so was von wieder eine Beziehung führen.

Kein halbes Jahr später war sie mit Matthias zusammen.

# 4

An meinem dritten Morgen in Griechenland wurde ich wach, als es noch dunkel war. Ich war nicht mehr müde, es war kurz vor sieben. In der Küche hing noch immer dieser undefinierbare Geruch, an den ich mich nicht gewöhnen konnte. Kam er aus dem Abfluss? Ich goss mir ein Glas Leitungswasser ein und setzte mich mit einer Decke nach draußen. Am Himmel war ein roter Streifen zu erkennen, bis auf das Rauschen vereinzelter Autos war es still. Ich sah dabei zu, wie die Sonne aufging, und dachte, dass man doch immer weniger brauchte, als man glaubte. Dass man auch mit der Sonne aufstehen und zu Bett gehen konnte, dass man einen ganzen Tag lang mit niemandem sprechen musste. Dass auch das ein Leben war, dass es kein schlechtes Leben war. Irgendwie tröstete mich das.

Und ich wurde hungrig. Von meinem Einkauf war noch ein wenig übrig, Kaffee und einen Espressokocher fand ich in einem der Schränke. Ich schloss den Herd an den Strom an, es war wie unten bei Paolo: eine Platte. Ich dachte an Katjas Küche und wie ich es dort einmal nicht geschafft hatte, Milch aufzuwärmen. Nirgends am Herd war noch ein Knopf, alles war in das Ceranfeld eingebaut, auf dem ich herumdrücken konnte, so viel ich wollte, es geschah nichts. Oder dieser Mietwagen, mit dem ich während des

Lockdowns einmal zu meiner Schwester gefahren war. Ich hatte einen Umweg genommen, weil ich lieber Landstraße fuhr als Autobahn, und nach drei Stunden fragte mich dieses Auto, ob ich nicht müde sei und eine Pause machen wolle. Ich war so erschrocken, dass ich das Steuer verrissen hatte.

Zurück auf der Terrasse wärmte die Sonne die Bank, auf der ich aß. Mit der Idylle aber war es bald vorbei: Zwei der getigerten Katzen kamen um die Ecke, aber nicht hinkend wie die vom ersten Abend. Sie hüpften zu mir auf die Bank, kreischend, fordernd, und als ich sie sanft hinunterschob, sprangen sie gleich wieder hinauf, die eine versuchte es von links, die andere von rechts. Sie waren verzweifelt, aber sie waren auch krank, die eingezogenen Schwänze hellbraun verschmiert, eingenässt. Als eines der Kätzchen aufgab und stattdessen anfing, seinen Hintern über die Decke zu ziehen, die neben mir auf der Bank lag, ging ich zurück in die Wohnung, um wenigstens meinen Kaffee in Ruhe zu trinken. Das Brot gab ich auf, und das zweite Kätzchen machte sich über den Käse her. Das andere, das, das sich an der Decke abgeputzt hatte, folgte mir wie selbstverständlich in mein Appartement. Das regte mich so auf, dass ich mit dem Fuß aufstampfte. Erst verhalten, aber als das nichts brachte, fest und mit einem Fluch, sodass das Kätzchen davonrannte und das andere ihm folgte. Nun war ich wieder allein, aber mein Morgen ruiniert.

Die Katzen konnten ja nichts für ihren Durchfall. Aber war er mein Problem? Ich malte mir aus, was Tania und Paolo denken würden, wenn sie gesehen hätten, wie ich die Tiere verscheucht hatte. Vor allem Tania. Es war erst acht Uhr. Ich beschloss, zum Supermarkt zu laufen und mich für die kommenden fünf Tage einzudecken. Das nächste Mal würde ich mich nicht aus der Ruhe bringen lassen. Ich würde den Katzen etwas abgeben und weiteressen.

Bevor ich aufbrach, räumte ich die Kissen und die Decke von meiner Bank. Ich legte sie auf die Sitzgruppe vor dem Nachbarappartement, das leer stand. Es stapelten sich dort schon Textilien mit ähnlichen Flecken. Ich nahm mir vor, Tania darauf hinzuweisen, damit sie die Bezüge waschen würde, und noch während ich das dachte, kam ich mir sehr deutsch vor.

Allein das Wort *hinweisen*.

Die Besuche in Paris waren schlimm. Beim ersten wollte Simon mich am Bahnhof abholen, verspätete sich aber. Zweimal meinte ich, ihn kommen zu sehen, aber es waren andere Männer. Als er endlich kam, erzählte ich, dass ich ihn verwechselt hatte. Er war empört.

In der ersten Nacht schlief ich bei ihm, obwohl ich ein Hotel gebucht hatte. Er machte sich im Bett so breit, dass ich dachte: So schlafen nur Egoisten. Am Morgen holte ich mir ein Croissant und zupfte es in Simons Küche Stück für Stück aus der Tüte, bis er stöhnte.

Am Wochenende fuhren wir an den Atlantik und aßen in einer kleinen Brasserie, wo ich zusammenzuckte, als er bestellte, weil sein Französisch so schlecht war.

Als wir schwimmen gehen wollten, kam er nicht an seine Badehose. Der Kofferraum unseres Mietwagens klemmte, und darin war seine Tasche. Auch von innen kamen wir nicht dran, obwohl wir alles versuchten. Ich hatte meine Sachen auf die Rückbank gelegt. Simon war darüber so erbost, dass er verstummte, mir nicht mal mehr in die Augen sah. Wir hockten schweigend am Strand, ich kam mir vor wie seine Mutter. Als sein Telefon klingelte, nahm er ab und sprach in einem Tonfall, den ich vom Anfang unserer Beziehung kannte. Offen, heiter. Es war sein Agent. Nach dem Anruf redete er mit mir wieder, als wäre nie etwas gewesen. Ich weiß nicht, warum ich ihm das durchgehen ließ.

Beim zweiten Besuch flog ich und wohnte bei Caro, einer Fotografin aus Saarbrücken, die zum Anfang meiner Zeit in der Villa Stipendiatin gewesen war. Wir schrieben einander unregelmäßige, aber lange E-Mails, mittlerweile wohnte sie in Paris und hatte Familie. Ich nahm mir vor, Simon zu verlassen, wenn es sein würde wie beim letzten Mal.

Vielleicht ahnte er das.

Diesmal war er aufmerksam, charmant, wohlwollend. Und er weinte. Sprach von Selbstzweifeln, gab zu, wie schwer ihm das Schreiben fiel, sprach von seiner Angst, zu versagen. Wieso kriegten Männer einen sofort, wenn sie weinten?

Am letzten Abend kochte Caro für uns. Ich hatte Sorge, Simon könnte unfreundlich sein, stattdessen folgten vier Stunden, in denen Caro und ihr französischer Mann Simon eine Million Fragen stellten, die er alle bereitwillig beantwortete. Nur: Er stellte keine einzige Frage zurück. Er wollte nicht mal wissen, wie die Kinder hießen, die im Nebenzimmer schliefen. Glaubte er vielleicht, das ist ein Interview?

Auf dem Rückflug dachte ich an Katja. Sie hatte Simon bis dahin nur einmal getroffen, auf der Party, die er gab, um sein Stipendium zu feiern. Wochen danach fragte ich sie, was sie von ihm hielt, weil sie nie etwas dazu gesagt hatte. Sie überlegte eine Weile, bevor sie antwortete, ich dachte: Aha, sie will mich nicht verletzen. Er war mir sympathisch, sagte sie schließlich, bis ich ihm einen Tag lang auf Twitter folgte. Wann schreibt der eigentlich seine Bücher?

Im Supermarkt stand derselbe Mann hinter der Kasse wie bei meinem ersten Einkauf, ich war die einzige Kundin. Kevin Spacey ließ sich nicht anmerken, ob er mich wiedererkannte, das war offenbar kein Ort, an dem Wert auf Small Talk gelegt wurde. Über seinem Kopf hing immerhin ein Schild, das darüber informierte, dass alle Mitarbeiter geimpft waren.

Am Kühlregal sah ich, dass ich doch nicht alleine war. Ein älteres französisches Paar stand vor der Milch, als würde es zum ersten Mal welche kaufen. Die Frau nahm von jeder Marke einen Karton heraus und inspizierte die Verpackung wie eine Falle. Ich nahm an, dass man hier niemandem mit Hafer- oder Mandelmilch kommen brauchte, und war enttäuscht, als ich in einem Regal neben den Kühlwaren welche entdeckte. Seit ich bei Ela arbeitete, kaufte ich meine Lebensmittel im Discounter, so weit hatten mich die Kunden gebracht. Wie überlegen sie sich fühlten, weil sie bio aßen! Und ich wollte mich ihnen überlegen fühlen, indem ich eben gerade *nicht* bio aß.

Natürlich führen wir alle kleine, lächerliche Leben, aber die meisten Menschen, die bei Ela einkauften, waren wirklich unerträglich. Auch Ela war manchmal unerträglich. Sie war auf die Idee gekommen, einen Discodonnerstag einzuführen. An jedem ersten Donnerstag im Monat drehte sie die 80er-Jahre-Musik, die sie in ihrem Laden spielte, noch lauter auf als sonst und warf die Discokugel an, die dort von der Decke hing. (In dem Laden war vorher ein berüchtigter Party-Späti gewesen, wo Geld gewaschen wurde. Ela hatte alles humorlos und penibel renoviert, ausgerechnet die Discokugel hatte sie hängen lassen.) Wer an dem Tag für mehr als zwanzig Euro einkaufte, bekam ein Glas Prosecco gratis, wer nicht trank, Traubensaft. Wer über fünfzig Euro lag, durfte sich außerdem ein Lied wünschen. Als ich noch nicht bei Ela arbeitete, hatte ich mir das einmal angesehen. Ich kaufte nichts, wünschte mir aber Geier Sturzflug. Ela wollte davon nichts wissen und sagte: Wir sind hier eher Eurythmics und so!

Hinter ihr stand Matthias und nickte.

Die Pandemie tötete den Discodonnerstag, es durften von da an nur noch drei Kunden gleichzeitig in den Laden. Das war keine Disko, und so verzweifelt manche Leute auch waren, es war nicht die Zeit für Gratissekt. Es war die Zeit, in der sich alle wie irre die Hände desinfizierten. Ich hielt den Discodonnerstag ohnehin für überflüssig, die Menschen benahmen sich ja längst, als wäre die Stadt eine einzige Party und als stünden sie ganz oben auf der Gästeliste. In der Pandemie wurde es nur schlimmer. Die Leute waren sich selbst ihre eigene Disco, jeden Tag, und sie nahmen sich und ihr Glück sehr ernst.

Einmal rief ein Mann während meiner Schicht an, um drei Packungen Nudeln einer bestimmten Marke zurücklegen zu lassen. Schon am Telefon war er so angespannt, dass ich am liebsten gesagt hätte, dass sie ausverkauft waren. Schließlich holte er sie ab, kurz vor Ladenschluss. Ich wusste, dass er es war, ohne dass ich ihn gekannt hätte, er konnte nämlich nicht gleich herein. Drei Mädchen waren noch im Laden, aber statt dass der Mann auf der Straße gewartet hätte, stellte er sich in den Eingang, ein Fuß auf der Schwelle, die linke Hand an der Türklinke. Die Mädchen ließen sich Zeit.

Ich beobachtete, wie der Hass in dem Mann wuchs.

Von dort, wo ich stand, konnte ich durch die Lücke zweier Regalböden seine rechte Hand sehen. Er hatte sie auf seinem Oberschenkel platziert, dem Oberschenkel des Beines, das schon auf der Schwelle verharrte. Der Zeigefinger des Mannes ging auf diesem Oberschenkel unruhig hin und her, und ich dachte an ein Messer. Dass er da lieber ein Messer hätte als seinen Zeigefinger, dachte ich.

Und dieser Mann war nicht mal das Schlimmste gewesen. Eine Frau, mit der Ela befreundet war, sprach über ihre Tochter wie über ein missglücktes Projekt. Die Tochter war vierzehn und wollte Lehrerin werden. Sie hätte sich doch auch die Haare grün färben und Billie Eilish hören können, *das* hätten wir toll gefunden, aber Lehrerin? Mit vierzehn?

Irgendwann glaubte ich nur noch an die Amerikaner, die waren durchgängig freundlich und meinten es so. Allerdings waren auch sie nicht ganz frei von dem Wahnsinn, der sie umgab. Einer trug einen Pullover mit dem Aufdruck *Hier bin ich du hast angerufen*. Ein anderer kam im Sommer in kurzen Hosen, sodass ich seine Tattoos sehen konnte: Auf dem linken Bein stand *LEFT*, auf dem rechten *RIGHT*.

An der Kasse wollte Kevin Spacey wissen, ob ich alles gefunden hätte, das französische Paar fragte er das nicht. Ich hatte, was ich für die restlichen Tage brauchte, aber ich wollte noch nicht zurück. Zum Supermarkt gehörte ein Café, ich bestellte ein Croissant und einen Kaffee bei einer dicken Frau, die mich so freundlich begrüßte, als hätte sie ihr Leben lang auf mich gewartet. Ich freute mich, hatte aber nicht das Gefühl, diese Freundlichkeit verdient zu haben. Während die Frau an der Espressomaschine hantierte, fiel mein Blick auf den Aushang neben dem Tresen, ein Foto von einem schwarzen Kater: *Did you see Tommy?*

Der Zettel informierte darüber, dass der Kater operiert worden, aber anschließend davongelaufen sei, man solle ihn wegen der Operationswunde bitte auf keinen Fall anfassen, aber die Besitzer sofort anrufen. Irgendwie erleichterte es mich, dass sie Katzen hier nicht nur anfuhren. Did you see Tommy?, fragte ich, als die Frau die Tasse vor mich hinstellte. Sie lachte, als wäre Tommys Schicksal ein Witz, über den sich hier alle amüsierten. Als sie sich beruhigt hatte, sagte sie mit schwerem Akzent: This is from last year, but I don't have the heart to put Tommy away!

Beim Bezahlen fasste ich in meine Jackentasche, als mir einfiel, dass mein Geld in der Tüte mit den Einkäufen war.

Ich fand die Packung Blumensamen vom Flughafen.

Die hatte ich völlig vergessen.

Auf dem Rückweg wog ich ab, ob ich die Samen auf der Insel verbuddeln sollte oder mit zurück nach Berlin nehmen sollte. Ob sie dort für eine Art Neuanfang stehen sollten oder hier. Ob sie überhaupt für einen Neuanfang stehen konnten, wenn ich noch nicht mal wusste, was in meinem Leben anders werden sollte. Alles? Bis ich wieder zuhause war, war ich so ins Grübeln geraten, dass ich weder den Lärm bemerkte noch Paolo, der auf meiner Terrasse stand, Hände in die Hüften gestemmt.

He is nervous like his dog, begrüßte er mich.

Paolo deutete auf das Haus des Nachbarn, in dem ein Mann herumbrüllte. Gleichzeitig kläffte sich draußen sein Hund heiser. Paolo schüttelte den Kopf: Casino!

Italiener sagten das gerne, wenn mal wieder alles drunter und drüber ging. Sì, antwortete ich und meinte, ein Lächeln in seinem Gesicht zu erkennen. Er drehte sich ganz zu mir.

And you, how are you?

Für eine Sekunde überlegte ich, ihm alles zu erzählen, aber was hätte er dazu sagen sollen, also antwortete ich nur: I don't miss Berlin.

Paolo nickte, als wäre das nur logisch.

Er habe nie verstanden, was alle an Berlin fänden, fing er an. Nicht nur sei es hässlich, auch die Menschen seien nicht auszuhalten, *just overexcited people*, sagte er. Erst vor Kurzem habe er eine spanische Frauenärztin zu Gast gehabt, die schon länger in Berlin lebe, eine Frauenärztin, wiederholte er, und die habe ihm erklärt, wie man ein ordentliches Drogenwochenende organisierte. Dass einem die Dealer den Stoff in einem Taxi bringen würden, in einem Taxi, wiederholte er wieder, und dann tippte er sich zweimal hintereinander an die Stirn.

Obwohl er sich so aufregte, schien es ihn irgendwie zu faszinieren, das war das Schlimmste. Dass dieses ausgelutschte Bild von Berlin als Exzesshauptstadt immer noch kursierte und etwas auslöste. Dabei war dieses kalkulierte Ausrasten auch nichts anderes als Karneval, ein B-Side-Karneval. Aber am Ende war es Karneval.

Ich hatte auf einmal das Gefühl, länger bleiben zu müssen. Ich konnte mir nicht vorstellen, in fünf Tagen zurückzufliegen und Ende kommender Woche wieder in Elas Laden zu stehen und Pferdesalami aus der Uckermark aufzuschneiden. Es gab eine furchtbare Kundin, die jeden Donnerstag zweihundert Gramm davon wollte, und als ich am Anfang einmal alleine im Laden war und ihr erklärte, dass ich die Wurstschneidemaschine noch nicht bedienen konnte, sah sie mich fassungslos an. Sie begriff nicht, dass etwas, das sie haben wollte, nicht verfügbar war. Nicht alle Menschen begreifen das.

Is it, fragte ich Paolo, possible to stay longer?

Er sah mich aufmerksam an, als müsste er etwas überprüfen.

Dann antwortete er: Certo!

Er fragte nicht, wie viel länger ich bleiben wollte, aber er deutete wieder auf das Haus des Nachbarn. Er deutete darauf, als wären wir von nun an Verbündete. He is one of those hunters, sagte er und erzählte, dass die Leute auf der Insel ein bisschen verrückt seien, dass jeder eine Waffe zuhause habe, dass die Männer sich sonntags träfen, um Kaninchen zu jagen, und manchmal ihre eigenen Hunde erschießen würden. Dass die Inselbewohner ein wenig wilder seien als andere Griechen, sagte er, dass sie die Amerikaner Griechenlands genannt würden, erklärte er, aber er sei ja Italiener, er habe keine Waffen, nur einen Esel. Und so erfuhr ich, dass der Esel eine Eselin war, denn Paolo sagte: Now let me introduce you to Arabella, she is already waiting!

Arabella beachtete mich nicht, machte sich nur über das Heu her, das Paolo ihr hinwarf. Er berichtete, dass er sie dem Schäfer abgekauft habe, der ein paar Häuser weiter die Straße runter lebe, vor ein paar Wochen erst. Er wisse gar nichts über Esel, aber das könne man lernen. Er habe auch mal Hühner besessen, erzählte er, vier Hühner und zwei Hähne, über die habe er vorher auch nichts gewusst, wahrscheinlich hätten sie deshalb nicht überlebt. Die Hühner seien so gestorben, die Hähne habe er leider umbringen müssen, einen jedenfalls. Den anderen habe er dem Schäfer runtergebracht, aber der habe ihn sicher nicht verschont. Er habe den Hahn jedenfalls nie wieder gesehen und gehört auch nicht, und das sei ja der Witz an Hähnen oder das Problem, je nachdem.

Mit Arabella werde alles besser, versicherte er, er informiere sich täglich auf YouTube, dort finde man alles, sogar wie man eine Eselstute melke, erklärten einem fremde Menschen inzwischen.

Why did you kill the rooster?, fragte ich.

The guests, antwortete Paolo und sah auf einmal müde aus. I tell you another time.

Während er ging, überlegte ich, dass er ein anderer sein könnte, als ich geglaubt hatte. Ich wusste nicht, ob das gut oder schlecht war.

Als ich die Tür zu meiner Wohnung aufschloss, vor der immer noch meine Einkäufe standen, fiel mir auf, dass der Nachbar gegenüber verstummt war, er und sein Hund. Nachdem ich die Lebensmittel verstaut hatte, legte ich mich noch einmal hin. Ich war plötzlich vollkommen fertig. Es war bald Mittag.

Manchmal übernachtete ich in den Studios der Künstler, wenn sie abgereist waren. Verließen sie uns zum Wochenende, wurde erst am Montag darauf geputzt. Ich erkundete, was die Leute hinterlassen hatten. Haare, Staub, Haferflocken. Es gab keine Küche, in der nicht Haferflocken zurückgeblieben wären. Ich schlief auch in den benutzten Betten und bildete mir ein, den Nachtschweiß riechen zu können, den diese Laken über all die Wochen aufgesogen hatten. Ich inspizierte Flecken. Im Appartement eines französischen Illustrators fand ich einmal Polaroids auf dem Schreibtisch, einen ordentlich drapierten Stapel. Ich rechnete mit dem Penis des Mannes, aber da war nur sein Gesicht. Unzählige Fotos von seinem Gesicht, offensichtlich direkt nach dem

Aufstehen aufgenommen. Beim Anblick der verquollenen Augen meinte ich, diesen müden Mann riechen zu können. Wollte er das?

Oft zog es mich nur in die Studios, weil ich zu lange gearbeitet hatte und erschöpft war. Die Fahrt zu meiner Wohnung dauerte fast zwei Stunden. Aber ein paarmal wusste ich auch schon bei der Begrüßung, dass ich im Bett dieses Gastes schlafen würde. Es gab keine Regel, kein Muster, wer etwas in mir auslöste. Es ging nicht um Sympathie, nicht um ein Begehren. Eher war es Neugier.

Auch bei der deutsch-belgischen Schriftstellerin mit dem Manuskript spürte ich den Impuls. Die Frau hatte eisblaue Augen, nicht wie ein Husky, mehr wie ein ausgestorbener Vogel. Ihre langen blonden Haare trug sie grundsätzlich *in* ihrem Pullover statt darüber. Wie selbstbewusst sie war, überraschte mich dann. Als sie sich bei der monatlichen Runde vorstellte, berichtete sie lachend von den Hassnachrichten, die sie seit ihrem Debütroman bekam. Damals dachte ich: Sie klingt, als wäre sie stolz drauf. Wenige Wochen später fand ein Jäger sie barfuß im Grunewald, von wo aus sie erst in die Charité und dann in eine Psychiatrie nach Antwerpen gebracht wurde.

Als sie die Idee zu ihrem zweiten Buch präsentierte, blieb sie vage. Es werde wieder ein Text über Frauen, erklärte sie nur, ein Text, bei dem jeder Absatz mit der gleichen Formulierung beginne. Ihre Augen waren so blau, dass ich das Gefühl hatte, alle starrten sie an. Aber niemand stellte der Frau eine Frage, und ich schlief nie in ihrem Bett.

Menschen, die man hört, bevor man sie sieht.

Ich wachte mit der Stimme einer Amerikanerin auf, sie kam von der Terrasse unterhalb meines Schlafzimmers. Die Frau war offensichtlich dabei, in die Wohnung unter mir einzuziehen. Ich musste an Paolos Formulierung denken: *just overexcited people*.

Oh my God!, rief die Frau jetzt, they're so cute!

Paolo brummte etwas.

Wait, it's one ... two, three, four ... five kittens! Oh my God, yeah yeah yeah, come here you little cutie, oh my God –

Ich schloss das Fenster.

Es war erst Mittwoch. Ich musste meinen Flug nicht stornieren, ich war Paolo nichts schuldig, es war nichts ausgemacht. Das beruhigte mich. Und es bestärkte mich auch darin, Ela noch nicht Bescheid zu geben. Wenn ich wirklich länger bleiben würde, würde ich ohnehin kündigen. Dass ich das so dachte, sprach wohl dafür, dass ich es tun wollte, nur hatte ich noch keinen Nerv, mich darum zu kümmern. Ich entschied, den Rest des Tages am Meer zu verbringen. Davor stellte ich mich lange unter die Dusche, aber das Rauschen des Wassers konnte das Gelächter der Amerikanerin lediglich dämpfen.

Unten im Dorf ging ich in ein Café am Strand. Am Nebentisch saßen vier ältere Männer, die Karten spielten. Wie mein Taxifahrer trugen sie Goldketten, einer hatte nur ein weißes Feinrippunterhemd an. Diese Männer strahlten etwas so Vergangenes aus, dass ich dachte, man müsste doch sie zum UNESCO-Weltkulturerbe erklären und nicht all diese eingestürzten Säulen und Tempel, für die sich am Ende nur pensionierte Latein- und Griechischlehrer interessierten.

Und Archäologen.

Hatte ich mich wirklich einmal am Winckelmann-Institut eingeschrieben? Jetzt wusste ich nicht mal, wie die Städte auf der Insel hießen. Dafür beobachtete ich diese Männer, wie sie rauchten und ihre Karten auf den Tisch schmissen und lachten. Jagten sie auch Kaninchen? Hatte einer von ihnen seinen Hund erschossen? Stimmte eigentlich irgendwas von dem, was Paolo den ganzen Tag erzählte?

Die Männer waren locker Großväter. Zwei hatten stechend helle Augen, ich konnte mir gut vorstellen, wie weit sie mit diesen Augen gekommen waren, bei ihren Frauen und bei ihren Kindern und bei ihren Enkelkindern und vielleicht auch bei einigen Urlauberinnen. Ich überlegte, wie die Währung hier geheißen hatte, bevor sie zum Euro wurde, aber ich kam nicht drauf. Ich kam nur auf eine *Simpsons*-Folge zur Finanzkrise. Wie Kent Brockman die Nachrichten vorliest und in einem Banner unter ihm durchläuft: *Europe puts Greece on Ebay.*

Ich bestellte einen Salat mit gegrilltem Fisch und dachte, dass man im Süden immer auch den Himmel mitaß, das Licht, die Luft. Ich schloss die Augen beim Kauen. Wieso faszinierten mich diese alten Männer so? Weil sie sich weder inszenierten noch konservierten?

Nach dem Essen nahm ich einen Kaffee, der so schwarz war wie der der Alten am Nebentisch. Er war viel zu stark, und ich dachte jetzt, Griechenland ist eben nicht Italien, in Italien schlug mir der Kaffee nie auf den Magen.

Katja und ich in Palermo.

Wie wir verkatert in diesem einen Café gesessen hatten, drinnen statt draußen, weil wir unsere Kopfschmerzen vor der Sonne verstecken mussten. Und weil wir drinnen zuschauen konnten, wie die Kellner herumschwirrten und uns trotzdem nicht aus den Augen ließen. Und weil die Polster der Sitze aus rotem Samt und die Tischplatten aus Marmor waren. Und weil die Brioches mit ihren Hubbeln aussahen wie kleine Brüste. Wir ließen uns von den aufgeregten Kellnern Pistazieneis in diese Brioches schmieren, weil man das auf Sizilien so machte, und wir verstanden nicht, wieso man das nicht überall auf der Welt so machte. Es war unser einziger gemeinsamer Urlaub gewesen, ich hatte Katja eingeladen, mit in unsere Partnerresidenz zu kommen. Alles hatten wir einander auf dieser Reise erzählt. Und trotzdem war danach alles den Bach hinuntergegangen.

Ich bezahlte.

Den ganzen Weg zurück dachte ich über Ela nach. Über ihre Hand in meinem Haar, über diese Geste, die mich kurz vor meiner Abreise einen Moment getröstet hatte und die ich jetzt anzweifelte. Hatte sie mich nicht abgeschoben, hierher abgeschoben, auf die Insel mit den Waffennarren verbannt? Wie schnell sie Griechenland empfohlen hatte! Wie ein Befehl hatte es geklungen. Ela, konnte es denn wirklich Ela sein, jetzt am Ende?

Als ich wieder in meinem Appartement war,

schmiss ich die Blumensamen vom Flughafen endlich in den Mülleimer.

# 5

Immerhin war das Problem mit den Katzen gelöst. Als ich am späten Nachmittag aus dem Dorf zurückgekommen war, hatte die Amerikanerin schon ihr Asyl eröffnet: Auf ihrer Terrasse stand eine Reihe bunter Schüsseln, dazwischen Decken und kleine Kissen, sogar ein Körbchen entdeckte ich. Das ließen sich die Katzen natürlich nicht zweimal sagen. Ich zählte vier Stück, und ich hatte das Gefühl, dass sie mich feindselig musterten. Und wenn nicht feindselig, dann höhnisch. Diese kleinen Tiere wussten natürlich, wer hier ein Herz hatte und wer nicht.

Nachdem ich die Blumensamen weggeschmissen hatte, setzte ich mich auf die Terrasse. Ich wollte auf das Fährschiff warten, das bald aus Athen zurückkehren musste. Aber der Himmel war dunkel, in der Ferne leuchteten in immer kürzeren Abständen Blitze über dem Berg auf. Sie sahen aus wie bei *Asterix & Obelix*, wie in diesem Film, in dem sie zu irgendwelchen Göttern aufsteigen müssen, während es gewittert. Der Film erinnerte mich an meine Schwester. Ich hatte ihr noch nicht geschrieben, dass ich hier war. Wir hatten nicht jeden Tag Kontakt, aber seit der Pandemie telefonierten regelmäßig, und ich hatte sie auch nie so oft besucht. Für heute aber wollte ich nicht mehr an mein Telefon.

Ich aß zu Abend, als es heftig zu donnern und

bald darauf zu regnen begann. Es war auf eine herbstliche Weise gemütlich, die vielleicht nicht zu Griechenland passte, aber zur Jahreszeit. Weil der Regen so laut war, konnte ich nicht sicher sagen, ob in der Wohnung nebenan Möbel gerückt wurden. Aber es klang so. Morgen war Donnerstag, ein neuer Gast übers Wochenende?

Ich hoffte, mich verhört zu haben.

Das Gewitter schien über dem Berg festzuhängen, es tobte fast die ganze Nacht. Ich warf mich hin und her statt zu schlafen. Es war sechs Uhr, als ich einsah, dass ich keine Ruhe mehr finden würde. Ich kochte einen starken Kaffee, zog meinen Wollpullover über und ging auf die Terrasse, wo ich einen der Stühle abtrocknete, meine Holzbank war zu feucht.

Der Regen hatte aufgehört, es tropfte nur noch vom Dach, wirklich kühl war es aber nicht. Ich sah dabei zu, wie der neue Tag die Nacht verdrängte, die und das Gewitter, und als mein Kaffee lange ausgetrunken war, sich die Tür der Nachbarwohnung mit einem Quietschen öffnete und ein gähnender Mann mit Dutt und nacktem Oberkörper ins Freie trat, hing über uns eine pralle Sonne. Mit diesem Licht begann der Mann seinen Tag, er gähnte und streckte sich, bis er zusammenzuckte, weil er mich bemerkte. Er nuschelte ein *Morgen*, als wäre klar, dass auch ich Deutsche war. Noch bevor ich antworten konnte, kam seine Freundin aus der Wohnung, Flip-Flops, Shorts, nasse Haare. Sie umarmte ihn von hinten und lächelte mich an.

Für solche Menschen, dachte ich, scheint immer die Sonne.

Aber als sie anfingen, die durchnässten Kissen, die ich vor ihrer Wohnung platziert hatte, zum Trocknen in die Sonne zu legen, dachte ich: vielleicht auch nicht. Ich jedenfalls würde sie nicht darüber aufklären, dass die Flecken darauf vom Durchfall der Katzen stammten, und mit diesem Entschluss ging ich nach drinnen.

Ich weiß nicht, wie oft Ela am Ende in ihrem neunzig Zentimeter breiten Antibeziehungsbett geschlafen hat, ich sah es nur einmal, bei meinem ersten Besuch in ihrer neuen Wohnung. Als ich das nächste Mal zu ihr nach Rixdorf fuhr, war ein halbes Jahr vergangen, ein eiskalter Februar, sie brachte gerade ihre letzten Arbeitstage am Gymnasium hinter sich. Ein paar Wochen später wollte sie ihren Laden eröffnen. Sie erzählte mir, dass sie Biolebensmittel verkaufen wolle, nur wenige ausgewählte Produkte, das Beste vom Besten, streng kuratiert. Wie in einer Boutique, sagte sie.

Es klang ambitioniert und ein bisschen anstrengend, aber es klang nicht unmöglich, und letztlich war es mir egal. Ich war froh, dass sie nicht mehr über die Vergangenheit redete, sondern über die Zukunft. Sie wirkte so klar wie im Sommer, als sie Katja und mir zum ersten Mal von ihren Plänen erzählt hatte, und als sie damit fertig war, wollte sie sogar wissen, wie es bei mir lief. Sonst fragte sie selten nach.

Von Simon, der mich zunehmend wahnsinnig machte, erzählte ich nichts, nur davon, dass ich bald nach Schottland fahren würde. Ich machte mich über den Erfolg unseres ehemaligen Stipendiaten lustig. Ich begriff nicht, wie er seine Porridge-Familienfehde ohne einen Funken Ironie hatte schreiben können und wieso die *New York Times* sein Buch hypte. Aber Ela konnte sich nicht vorstellen, was an Haferbrei ironisch sein könnte. Wahrscheinlich weil sie ihn nun jeden Morgen kochte.

Beim Abschied fiel mein Blick in ihr Schlafzimmer, wo ich das neue Bett bemerkte, ein großes Bett. Erst überlegte ich, es zu kommentieren, aber weil ich müde war und es draußen schon wieder schneite und der Weg nachhause so weit war, ließ ich es.

Als Ela sich wieder meldete, packte ich gerade für die Reise nach Edinburgh. Sie lade mich zum Essen ein, erklärte sie, was mich wunderte, weil wir uns ja erst getroffen hatten. Sie erwähnte einen neuen Laden in ihrem Kiez, sie wolle mir und Simon jemanden vorstellen. Sie schrieb: *Dann würde ich euch gern auch Matthias vorstellen.* Dass sie den Namen ohne Zuschreibung beließ, nervte mich. *Dein neuer Freund?*, tippte ich zuerst, rang mir dann aber noch zwei weitere Fragezeichen ab, um die Aufregung zu spielen, die sie sich wünschte: *Dein neuer Freund???* Darauf schickte sie dieses Emoji, das mit geschlossenen Augen grinst und rote Bäckchen hat. Ich weiß das noch, weil mir niemand sonst Emojis schickte. Katja hätte sich eher umgebracht, und Simon benutzte keine Messenger, nur SMS und die auch nur bei seiner Mutter und seinem Bruder.

Ich sollte gefälligst immer anrufen.

Matthias war fünfzig und damit fünfzehn Jahre älter als Ela, und ich durchschaute ihn sofort. Ich kannte diese Männer von den Barjahren mit Katja, jede von uns hatte zwei oder drei dieser Sorte durch, es war immer das Gleiche, fast lustig.

Auch viele meiner Chefs waren so gewesen.

Diese Männer taten, als hörten sie aufmerksam zu, sie stellten tiefgründige Fragen, sie gaben sich als Feministen aus, natürlich ohne es jemals auszusprechen. Stattdessen verbündeten sie sich mit einem gegen die peinlichen Männer, erzählten auch gerne von welchen, meistens einem schrecklichen Kollegen oder einem unmöglichen Freund. Sie liebten es, von den Begierden dieser Männer zu erzählen und dabei so zu tun, als hätten sie keine eigenen. Sie konnten sich ganz wunderbar schämen für diese Männer, und es brauchte selten mehr als zwei Abende mit ihnen allein, bis sie anfingen, zu viel zu trinken und ein Stück näher zu rücken.

Das alles hatte Matthias offensichtlich schon vor einer Weile erledigt. Nun saßen Ela, er und ich in einem Lokal am Richardplatz und spielten aufgeschlossene erwachsene Menschen. Simon hatte ich nichts von der Einladung erzählt. In der Speisekarte dominierten Schrägstriche, was den Gerichten einen unangenehmen Appell verlieh. Zugleich hatte ich eine Roboterstimme im Kopf, die mir das Ganze vortrug.

*Reis / Pfifferling / Pecorino*
*Lamm / Kartoffel / Bohne*
*Gerste / Blumenkohl / Haselnuss*

Wir bestellten, indem wir jeweils nur eine der Zutaten nannten, was die Kellnerin mit ernstem Gesicht abnickte. Danach brachte sie eine Flasche Rosé, und Matthias bestätigte alles, was ich seit dem Hallo vermutet hatte.

Er berichtete, dass er als freier Grafikdesigner arbeite und einen Sohn habe, fünf Jahre alt, und getrennt von dessen Mutter lebe, seit zwei Jahren schon. Das alles sei die richtige Entscheidung gewesen, selbstverständlich im Konsens getroffen, leicht sei es trotzdem nicht. Deshalb gehe er regelmäßig zu einer Art Gesprächsmassagetherapie, bei der eine Dänin anhand seiner Fußsohlen seinen aktuellen Seelenzustand beurteile.

Das klingt jetzt vielleicht etwas seltsam, sagte er, aber es ist total hilfreich!

Beim letzten Mal zum Beispiel habe die Dänin eine Stechwarze an einem Zeh entdeckt und ihm erklärt, dass er ohne seine Familie, ohne seinen Sohn nicht einsam sei, sondern ein Mann, der gern alleine war, wieso er sein Leben nicht so betrachten könne?

Seitdem, sagte er, nage etwas an ihm, wenn er mit seinem Sohn zusammen sei. Dabei vermisse er ihn, sobald er ihn bei seiner Ex-Freundin abgebe. Aber wenn sein Sohn nun bei ihm zu Besuch sei, müsse er an den Satz der dänischen Fußsohlenseelentherapeutin denken, und dann glaube er, dass es ihm besser ginge, wenn er in dem Moment alleine wäre, ein Teufelskreis.

Und was er alles anfangen könne mit seiner Zeit!

Was denn?, fragte ich, und Matthias sah mich völlig entgeistert an, und auch Ela sah irgendwie erschrocken aus.

Das fragst du jetzt einfach so, versuchte er meine

Frage wegzulachen, die und seinen unterdrückten Zorn gleich mit.

Ja, gab ich zurück, das frag ich jetzt einfach so.

Es folgten zwei Sekunden, in denen er mich anstarrte. Ich dachte: Arschloch. Und ich starrte zurück.

Ja, das weiß ich so spontan jetzt auch nicht, antwortete er schließlich, darum *geht* es ja auch nicht!

Er klang genervt. Solche Männer klangen immer genervt, wenn man ihnen klarmachte, dass sie sich selbst belogen. Wie meine Chefs.

Ich hielt mich für den Rest des Abends zurück, Ela zuliebe, aber leicht war es nicht. Und es wurde auch nicht leichter.

Matthias füllte fortan das Derek-Loch aus, er quoll über das Derek-Loch sogar hinaus. Er dominierte alles in Elas Leben, selbst hinter der Idee mit dem Bioladen steckte er. Ja, im Grunde war Ela doch ein weißes Blatt Papier.

Sie kannte Matthias schon ein Jahr, hatte aber erst vor Kurzem seinen Avancen nachgegeben, wegen des Kindes hatte sie lange Zweifel, schrieb sie mir ein paar Tage nach dem Treffen. Aber nun fand sie, dass ein Leben mit Matthias das richtige Leben war, und ihr Leben vorher, das mit Typen wie Derek, die nicht mal Deutsch konnten und sich manchmal schon vor dem Sex aufs Kopfkissen erbrachen, ja, dieses Leben vor Matthias, dieses Leben sei ein Witz gewesen. Das stimmte natürlich irgendwie, nur war Matthias leider auch ein Witz, ein anderer halt. Doch Ela gehörte offenbar zu der Sorte Menschen, die sich alle paar Jahre selbst widerriefen. Die sich eine neue

Rolle und eine neue Geschichte für ihr Leben aussuchten, als könnte man im Leben unendlich viele Rollen in unendlich vielen Geschichten spielen. Und vielleicht konnte man das ja. Aber könnte ich das auch?

Es gab nur einen Menschen, von dem ich sicher war, dass er es nicht könnte, und das war meine Schwester. Sie war mit fünf schon der Mensch gewesen, der sie jetzt mit vierundvierzig war. Ernst, klug, zuverlässig. Und warmherzig. Sie hatte sogar ihre Chicken McNuggets mit mir geteilt.

Ich gönnte Ela ja, dass sie nicht mehr alleine war. Trotzdem konnte ich nicht aufhören, mich zu fragen, wieso sie sich nicht ein Haustier gekauft hatte. Eines, das sich freute, wenn sie nachhause kam. Warum da stattdessen ein Heuchler wie Matthias hocken musste. Aber es konnten eben nicht alle wie meine Schwester sein, die sich seit Jahren schon an Tiere hielt.

Als ich nach dem Frühstück ins Dorf spazierte, um vor dem Paar zu fliehen, das neben mir eingezogen war, hielt ein verbeulter weißer Kleinwagen neben mir. Darin ein Alter, der lächelte und mit seinen Händen wedelte. Es bedeutete: Soll ich dich vielleicht mitnehmen? Ich lehnte ab, weil ich gerne lief, und der Mann fuhr, noch immer lächelnd, weiter.

Sein Angebot rührte mich.

Mir war klar, dass hier niemand verstand, wie jemand diesen Schotterhaufen täglich mindestens zweimal zu Fuß zurücklegen wollte. Ich hätte dem Mann erklärt: Weil es so still war! Und weil es roch, wie es roch, nach Thymian und Sonne und Erde. Und wegen des Himmels! Und wegen der Ziegen! Aber er hatte das alles ja jeden Tag vor der Nase, hatte in sieben Jahrzehnten vielleicht sogar nie etwas anderes gesehen, und welchen Sinn hatte dieses rastlose Reisen eigentlich, das der Rest der Welt betrieb?

Im Dorf fiel mir endlich die frühere griechische Währung wieder ein: Drachme. In einem Souvenirshop lagen unzählige alte Scheine unter der Platte eines Glastisches. Während ich sie betrachtete, rief die Frau an der Kasse, wieder mit diesem schweren Akzent: It looks a lot but is worth only fifteen Euros! Es schien mir wie eine Metapher für das ganze Land, und ich musste wieder an die *Simpsons* denken: *Europe puts Greece on Ebay*. Ich kaufte ein T-Shirt, auf dem vier Spartaner über einen Zebrastreifen gingen wie einst die Beatles. Darunter stand *The Greekles*. Die Frau an der Kasse nickte anerkennend. This is our bestseller!

Ich setzte mich in dasselbe Café wie am Vortag und beobachtete das mühselige Treiben der Kleinfamilien, die hier ihre Herbstferien verbrachten. Platz am Strand finden, ausziehen, eincremen, anziehen, schwimmen, planschen, heulen, ausziehen, eincremen, anziehen, um Essen quengeln, Essen suchen, Essen kaufen, Essen essen, Imodium in der Apotheke holen.

Ich wollte gerade Eis bestellen, als ich den Dutt bemerkte. Ich erkannte ihn wieder, weil die Haare an den Seiten abrasiert waren und ich das schon am Morgen hässlich gefunden hatte. Er und seine Freundin richteten sich am Meer ein, in meinem direkten

Blickfeld. Das Paar aus der Wohnung neben mir war einfach an den erstbesten Strand gegangen. Und nun nahmen die beiden die erstbesten Liegen. Hatten sie denn keinen Mietwagen, um wenigstens Sex im Hinterland zu haben? Ich fürchtete, dass sie sich umdrehen könnten und mich ebenfalls erkannten und am Ende noch reden wollten. Einfach nur, weil sie Deutsche waren und ich auch, einfach nur, weil sie Menschen waren und ich auch. Und das war ja das Problem mit den Menschen, dachte ich, dass sie immer reden wollten.

Als ich den Berg hinaufging, entschied ich, das Paar von nun an *die Erstbesten* zu nennen. Zurück in meinem Appartement wog ich ab, ob ich Ela schreiben sollte, dass ich hier blieb und nächste Woche nicht bei ihr arbeiten würde. Aber was, wenn die Erstbesten länger als dieses Wochenende neben mir wohnen würden, sollte ich dann lieber zurückfliegen? Ich schaltete das Handy aus und legte es auf den Küchenschrank. Am Sonntagmorgen würde ich es wieder einschalten und mich entscheiden. Es war mir egal, dass das kurzfristig war. Es war mir egal, dass ich Elas Planungen durcheinanderbringen könnte. Eigentlich war mir alles egal.

Warum habe ich Simon nach Paris nicht verlassen? Warum nicht sogar schon *in* Paris? War ich eine dieser Frauen geworden, die noch ein paar Gefühle aus ihren Männern herausschütteln wollten, obwohl sie selber schon lange keine mehr hatten?

Ich war gerade in Elas alte Wohnung gezogen, als er aus Frankreich zurückkam, euphorisch, er hatte dort mehr als zweihundert Seiten geschrieben, der Gothic-Roman rund um das gefallene Adelsgeschlecht. Seiner Meinung nach war das Buch fertig, und dieser Meinung war er so lange, bis sein Agent sich meldete und meinte, zweihundert Seiten hin, zweihundert Seiten her, Simons Manuskript habe *noch keine Muskeln*.

Ich fragte: Und jetzt?

Und jetzt!, und jetzt!, schoss Simon zurück, bindochkeineMaschinä!

Er stammte wie ich aus Hamburg und wenn er so redete, fühlte ich mich, als käme ich gar nicht aus Hamburg. Wieso nur waren wir beide nach Berlin gezogen und hatten diese Beziehung begonnen? Das fragte ich ihn nie, ich fragte ohnehin nur noch wenig. Ich sah mir das alles nun wie ein schlechtes Schauspiel an, und es war ja auch irgendwie faszinierend.

Statt zu schreiben, studierte er mit heiligem Ernst die Feuilletons. Welcher seiner Konkurrenten wurde besprochen und welcher nicht? Wurde einer bedacht, der mit ihm in Hildesheim studiert hatte, war der Tag gelaufen. Erhielt er eine Absage für ein Stipendium, wurde er so unfreundlich, dass ich jedes Mal dachte: Als wäre das meine Schuld!

Einmal kam er von einer Lesung aus München zurück und beschwerte sich, dass es bei dem anschließenden Abendessen mit den Veranstaltern nicht um ihn, sondern um Martin Walser gegangen sei, der dort zwei Wochen zuvor aufgetreten war und für einen Notarzteinsatz gesorgt hatte. Elektrisiert von Walsers Anblick hatten drei ältere Damen auf ihn zulaufen wollen, waren aber gegen die Glastüren geprallt. Zu allem Überfluss habe er, Simon, an einer Stelle *Hodensee* statt *Bodensee* gesagt, um die Stimmung aufzulockern, aber alle hätten betreten geschwiegen statt gelacht.

Ich lachte, aber jetzt fand Simon es nicht mehr lustig.

Irgendwann wollte ich ihn nur noch fragen: Siehst du noch was, wenn du in den Spiegel schaust? Oder ist da alles schwarz? Der ganze Hass? Oder ist es grün? Der ganze Neid?

Ich fragte nie.

Vielleicht war das alles auch nicht faszinierend gewesen, sondern nur traurig. Wie traurig merkte ich eigentlich erst, als ich in Edinburgh die tanzenden Paare beobachtete. Von dem Lokal aus lief ich in eine Bar, obwohl ich noch nicht mal gefrühstückt hatte. Das war das Gute an Großbritannien: dass man vor zwölf Uhr Alkohol trinken konnte, ohne dass sie einen komisch anschauten. Ich bestellte einen Gin Tonic, von dem mir sofort schlecht wurde, und ich schrieb Katja. Ich schrieb, dass ich so einen schönen Sommer mit ihr haben wolle wie im Jahr davor, als Simon weg war und wir so oft zusammen mit Ela in der Wuhlheide gewesen waren. Ich fragte sie, ob sie im Juni mit mir nach Italien fahren würde, nach Sizilien in unsere Partnerresidenz. Ich durfte jedes Jahr einen Gast mitbringen, ich tat es nie. Katja war die Erste und Einzige, die ich einlud. Sie antwortete umgehend.

*Aber so was von! Wann?*

Ich schickte ihr die Daten und ein Foto, das ich von den tanzenden Paaren gemacht hatte, dazu ein

Emoji mit Kussmund. Dieses eine war erlaubt. Und Katja schickte sogar eins zurück: das, das kotzte.

Der Barkeeper fragte: You celebratin'?

Den restlichen Tag las ich und blieb von den Erstbesten verschont, sie kamen offenbar erst zurück, als ich schon schlief. Auch am Freitag, dem Tag darauf, sah ich sie nicht, ich war früh aufgestanden und direkt hinunter ins Dorf gegangen. Auf dem Rückweg, es war am frühen Nachmittag, kam mir aber die Amerikanerin entgegen, die in der Wohnung unter mir eingezogen war. Ich wusste zwar nicht, wie sie aussah, aber ich kannte ihre Stimme. Wir begegneten einander nur wenige Meter von Paolos Haus entfernt, ich sah sie schon von Weitem. Sie trug rote Espadrilles mit Keilabsatz, die für Schotter nicht gemacht waren, und sie schwankte bedenklich. Ich hatte das Gefühl, dass sie nicht nur wegen der Schuhe wankte, sie wirkte betrunken.

Als wir auf gleicher Höhe waren, rief sie: Excuuuse me!

Als wäre ich taub und blind.

Und das Ding ist: Ich sah wirklich nichts von ihr, ich weiß bis heute nicht, wie sie ausgesehen hat. Sie trug einen riesigen Strohhut, ich sah nur ihren Mund und ihre Zähne, ich erinnere mich vor allem an die extrem weißen Zähne. Sie fragte, wo es ins Dorf gehe, obwohl das offensichtlich war, immer geradeaus, immer nach unten. Ich erklärte es ihr trotzdem. Sie bedankte sich und wankte weiter.

Zurück beim Haus beäugten mich wieder ihre Katzen, als ich die Treppen nach oben ging. Vor meiner Wohnung kehrte ich um. Ich wollte Tania suchen, fand aber nur Paolo. Er saß an einem Tisch vor seiner Wohnung und las. Tania sei in der Stadt, erklärte er. Ich fragte nicht, in welcher. Vielleicht kam sie nur zum Arbeiten her. Ich hatte angenommen, sie wohnte hier, und irgendwie glaubte ich das immer noch. Paolo war nicht sonderlich gesprächig, bis ich die Amerikanerin erwähnte. Ich benutzte sein Wort und nannte sie *overexcited*.

Es funktionierte.

Mit den Katzen sei es immer dasselbe, schimpfte er, die Gäste streichelten und fütterten sie, manche brächten sie sogar zum Tierarzt, und er sage ja immer, bitte, nimm die Katze doch einfach mit, nimm sie mit nach Berlin, Paris, New York, nimm sie mit, gern, ja, danke, aber nein, die Gäste fütterten die Katzen nur und streichelten sie und brächten sie zum Tierarzt, und dann flögen sie zurück und seien weg, nur die Katzen, die seien dann nicht weg, und die gingen auch nicht mehr weg, die kämen dann nämlich alle zu ihm und wollten weitergefüttert werden, but I don't want to feed those kittens, it's too much kittens, everywhere!

Mir fiel auf, dass mir mittlerweile egal war, ob Paolo Impfgegner sein könnte, viel wichtiger war das mit den Katzen. Er wandte sich wieder seinem Buch zu. *Kitchen Confidential* von Anthony Bourdain. War das nicht dieser Starkoch, der sich umgebracht hatte?

Ich ließ ihn in Ruhe und ging wieder nach oben. Wie jeden Abend wartete ich auf das Fährschiff. Es war ein beruhigendes Ritual geworden, aber ich fragte mich, wie lange es wohl noch verkehrte. Ob ich es den ganzen Herbst sehen könnte.

Am Samstagmorgen war es mit der Ruhe vorbei. Ich saß gerade mit meinem Kaffee auf der Terrasse, als die Tür nebenan wieder quietschte und die Erstbesten sich an ihren Tisch setzten, ebenfalls mit Kaffee. Wir nickten einander unmotiviert zu, ich hoffte, dass sie schweigen würden, und weil beide auf ihr Telefon starrten, standen die Chancen gut. Eine ganze Weile fiel kein einziges Wort, ich hatte sie fast schon wieder vergessen, als der Dutt plötzlich rief: Fünfundsechzig Euro nach Santorin – *für uns beide!*

Nein, rief die Freundin, das gibt's doch nicht!

Offensichtlich wollten die Erstbesten nun auch noch auf die erstbeste Insel fahren.

Das war gut, sagte ich mir, wahrscheinlich würden sie am nächsten Morgen abreisen, spätestens Montag. Ich schaute kurz zu ihnen hinüber, sie hatten sich über sein Handy gebeugt. Und sie saßen beide auf einem Katzendurchfallkissen.

Den Rest des Vormittages verbrachte ich wieder im Strandcafé unten im Dorf, die Kellner kannten mich schon. Ich nahm mir jedes Mal vor, zu fragen, ob hier wirklich alle eine Waffe besaßen, aber dann vergaß ich es wieder, oder ich traute mich nicht. Auch an diesem Tag schaute ich lieber aufs Meer und trank meinen zweiten Kaffee.

Später, zurück bei Paolo, kochte ich. Danach wartete ich auf das Fährschiff, nach dem Fährschiff ging die Sonne unter, und nach dem Sonnenuntergang duschte ich und ging schlafen.

Es war der immer gleiche Ablauf.

Und es war wirklich das perfekte Schlafzimmer – ein Fenster zeigte aufs Meer, das andere in die Olivenbäume.

Ich schlief schnell ein, tief erschöpft von diesen seltsamen Tagen, aber mitten in der Nacht rissen mich die Geräusche aus dem Schlaf. Ich war verschwitzt, obwohl ich beide Fenster geöffnet hatte, ich war schlaftrunken und verwirrt. Mein Herz raste, erst allmählich kam ich zu mir und begriff.

Es war das Bett.

Es war das Bett der Erstbesten, das da von ihrer Schlafzimmerwand gegen meine Schlafzimmerwand knallte, es war ihr Bett, weil die Erstbesten darin Sex hatten, und dieses rhythmische, harte Stoßen gegen meine Wand fühlte sich auf eine Weise bedrohlich an, die ich nicht gleich verstand.

Es hatte etwas Unausweichliches.

Etwas Unvermeidbares.

Als ginge es gar nicht anders. Als müsste da drüben exakt das stattfinden, was da gerade stattfand, und das verstörte mich so sehr, als hätte ich das erste Mal mitgekriegt, was Sex war – ja, dass es Sex überhaupt *gab*.

Ich hatte das Gefühl, die ganze Trostlosigkeit dieser Beziehung an diesen Stößen hören zu können.

Die ganze Trostlosigkeit aller Beziehungen.

# 6

Ich verstehe den Ansatz meiner Schwester.

Dass man sich lieber an Tiere hält.

Leider fühle ich diesen Ansatz nicht. Ich habe nichts gegen Tiere, ich glaube nur einfach nicht, dass ich gut für sie sorgen könnte. Seit Jahren habe ich wiederkehrende Träume, dass ich ein Haustier besitze, ein Kaninchen, ein Meerschweinchen, einen Hamster, irgendwas Kleines mit Fell, das in einem Käfig lebt, das Tier ist in diesen Träumen nie zu sehen. Aber es ist eines von diesen Nagetieren, die nicht wirklich auf sich aufmerksam machen können, wenn man sie vergisst. Und ich weiß in diesen Träumen, dass ich mein Haustier vergessen habe, es über Wochen nicht gefüttert und kein Wasser aufgefüllt habe. Ich komme in diesen Träumen jedes Mal von irgendwoher zurück, und es ist klar, dass ich mich als Nächstes dem Anblick meines toten Tieres in diesem Käfig stellen muss. Aber vorher wache ich immer auf.

In der Villa waren Haustiere immer verboten, die Künstler hielten sich daran, manche wollten diskutieren, schickten anstrengende E-Mails, aber am Ende gaben sie nach. Nur einer sagte mal ab, weil er niemanden fand, der sich in seiner Abwesenheit um seine Katze kümmern konnte, ich weiß nicht mehr, was er machte, nur dass es ein Deutscher war. Er war freundlich geblieben. Die Katze war alt.

Und dann gab es diese Pianistin aus Japan.

Sie hatte Monate vor ihrer Anreise gefragt, ob sie ihren Hund mitbringen dürfe und damit argumentiert, dass er nicht größer als ein Kaninchen sei. Ich schrieb auch ihr, dass das nicht gehe, dass wir eine Hausordnung hätten, die Haustiere verbot, egal welche, allein schon deshalb, weil irgendwer gegen die Haare allergisch sein könnte oder weil sie ihre Notdurft auf dem Fischgrätparkett verrichten könnten oder weil sie durch den Wald rennen könnten, wo sie das Wild aufscheuchten.

Die Japanerin schrieb zurück: *OK*.

Weil sie erst Monate später anreiste, vergaß ich es wieder, und als sie ankam, war keine Rede mehr davon. Bis mich die anderen darauf hinwiesen, dass die Japanerin immer eine Handtasche bei sich trage und mehrmals am Tag mit dieser Handtasche nach draußen gehe, wo sie lange verschwinde, frühmorgens schon. Mir war sofort klar, dass sie darin ihren Hund haben musste, und ich fing an, auf sie zu achten.

Die Japanerin hatte wirklich immer eine Tasche dabei, die sie eng an ihren Körper presste, unter einen Arm geklemmt, man konnte fast sehen, wie sie den kleinen Hund darin festhielt. Sie verstieß dreist gegen unsere Regeln, aber ich wollte nicht den Blockwart spielen. Was sollte ich auch tun? Sie in ein Hotel verbannen? Den Kaninchenhund aussetzen? Ihr die Hälfte des Stipendiums verweigern?

Ich wich aus, wenn meine Kollegen sich nach ihr erkundigten, ich schob es immer wieder auf, die Pianistin darauf anzusprechen. Und irgendwann war ihr Monat vorbei. Sie sah mir beim Abschied in die Augen, drückte mir den Studioschlüssel in die Hand, aber ich sagte nichts. Kaum war sie fort, ging ich in ihr Appartement.

Im Küchenschrank standen wie üblich angebrochene Packungen Haferflocken, davon abgesehen war alles penibel aufgeräumt, es wirkte geputzt. Ich öffnete jeden Schrank, sogar das Eisfach, ich war sicher, irgendwo eine Dose Hundefutter zu finden, etwas Viereckiges, ein Aluschälchen, etwas Überteuertes, garantiert hatte das Tier Feinkost bekommen. Auch im Müll, nichts. War ich vorher fast gleichgültig gewesen, war ich jetzt rastlos. Ich wollte einen Beweis, aber ich fand keinen. Und trotzdem war ich immer noch sicher, dass sie in dieser Handtasche ihren Hund gehabt hatte.

Monate später, ich hatte alles längst vergessen, fiel mir ihre Abrechnung auf, als ich die Belege für das Jahr sortierte. Es war eine Kopie ihrer Flugtickets, die sie uns geschickt hatte. Darauf stand schlicht: *plus dog*.

Er hatte jeweils hundert Dollar extra gekostet.

Meine Schwester lachte, als ich ihr davon erzählte. Sie war sicher, dass es ein Chihuahua gewesen sein musste. Wir googelten *Chihuahua*, ich kannte mich mit Rassen nicht aus.

Es gab eben große Hunde, und es gab kleine Hunde.

Die Sonne schien an diesem Sonntag schon, ich wachte später auf als sonst. Nachdem mich das Bett der Erstbesten geweckt hatte, hatte ich nicht sofort wieder einschlafen können, auch wenn nebenan bald Ruhe eingekehrt war.

Es war fast zehn Uhr.

Ich ging in die Küche, holte mein Telefon vom Schrank, schaltete es wieder ein. Ich legte es mit dem Display nach unten auf das Sideboard, füllte den Espressokocher mit Wasser und Kaffee, drehte die Herdplatte auf. Dann.

Nichts.

Keiner hatte mir geschrieben.

Ich öffnete den Chat mit Ela und teilte ihr mit, dass ich länger bleiben würde, ohne zu sagen, wie lange, ich wusste es ja selbst nicht. Ich ergänzte, dass ich kündigte, ich verabschiedete mich nicht.

Ich scrollte durch meine Anrufliste, hielt den Finger über dem Namen meiner Schwester.

Aber ich kümmerte mich lieber um den Kaffee.

Und erwärmte die Milch auf der Herdplatte.

Ein Leben mit einer Herdplatte, dachte ich.

Fast immer war es Winter, wenn ich in den Studios der Künstler schlief. Wahrscheinlich weil ich im Sommer mehr Energie hatte, zurück nach Berlin zu fahren. Vielleicht auch weil mir die Villa, der Wald, das Wasser im Winter besser gefielen. Es war still in den fremden Betten, auch bei offenem Fenster. Ich schlief immer bei offenem Fenster, je kälter es draußen war, umso lieber. Es war so still in diesen Betten, dass es sich anfühlte, als hätte mich die Welt verschluckt.

Noch bevor es hell wurde, stand ich wieder auf. Ich hatte Sorge, dass mich einer der Stipendiaten bemerken könnte oder Kollegen ins Haus kamen, weil sie etwas vergessen hatten, oder ich jemandem vom Personal auf dem Flur begegnen würde. Neben den Künstlern wohnten dort Leute, die kochten, Leute, die Wäsche wuschen, ein Hausmeister natürlich. Ich hätte mich herausreden können, Gründe vorschieben, aber ich bin schlecht in so was. Ich sage nicht mal Verabredungen ab, auf die ich keine Lust habe.

Das Beste an diesen verbotenen Nächten war die Fahrt zurück in die Stadt. Ich lief erst durch den Wald und dann an der Havel entlang zur Bahnstation, ich kannte den Weg auch im Dunkeln, ich hätte ihn mit geschlossenen Augen gefunden. Fast zwei Stunden dauerte die Fahrt, und in dieser Zeit ging die Sonne auf.

An einem dieser Wintermorgen stieg ich ein paar Stationen früher aus, um am Landwehrkanal den restlichen Weg nachhause zu gehen, ich wohnte schon in Elas alter Wohnung in Kreuzberg. Es war tagelang klirrend kalt gewesen, der Kanal zugefroren, aber seit ein paar Tagen stiegen die Temperaturen, die Stadt taute auf. Ich hatte das Urban-Klinikum passiert, war kurz vor der Admiralbrücke, schon in der Nähe der Graefestraße, als ich im Wasser einen Eisblock bemerkte, aus dem ein roter Schwanz ragte. Der Rest des Körpers steckte im Eis. Da trieb ein festgefrorener Fuchs vor mir, und mein allererster Gedanke war: Gut, dass er bald wieder auftaut. Ich hatte diesen Gedanken keine Sekunde, eher eine halbe, aber ich hatte ihn. Kurz war da diese irrationale Annahme, dass der Fuchs konserviert war, dass er bald wieder leben würde.

Ich blieb eine ganze Weile stehen und starrte

dem toten Tier hinterher, bis heute habe ich das Bild im Kopf.

In der Graefestraße ging ich nicht in meine Wohnung, sondern in die von Katja. Ich nahm ihren Zweitschlüssel, den sie mir vor Ewigkeiten gegeben hatte, ich schloss ihre Wohnungstür auf, als wäre es meine eigene, und fand Katja in der Küche. Sie trank gerade Kaffee und war nicht überrascht. Ich setzte mich neben sie und erzählte ohne jede Einleitung von dem Fuchs, und als ich fertig war, fing ich an, zu weinen. Katja war sanft. Sanfter als ich es von ihr kannte.

Manchmal, sagte sie, ist alles zu viel, und weißt du, das hat gar nichts mit dem Fuchs zu tun.

Ein Leben mit einer Herdplatte, es wäre möglich.

Als der Kaffee fertig war, nahm ich ihn zusammen mit dem Handy mit auf die Terrasse, dort schrieb ich meiner Schwester. Dass ich in Griechenland sei und sie bald anrufen würde.

Ich wartete, bis ich sicher war, dass ihr die Nachrichten zugestellt worden waren, aber ich wartete nicht auf ihre Antwort, und ich schaute auch nicht mehr in den Chat mit Ela. Ich schaltete das Telefon wieder aus.

Dann schloss ich die Augen, hielt meine Nase in die Sonne und trank meinen Kaffee, stark und süß, Medizin. Als ich die Augen wieder öffnete, Schritte. Gleich darauf stand Paolo mit einem Baguette unter dem Arm vor meinem Tisch, als hätte ich ihn heraufbeschworen. Ohne zu zögern, setzte er sich. Er legte das Baguette zur Seite, fragte, wie lange ich denn nun bleiben wolle, und erzählte, dass die Erstbesten am nächsten Morgen nach Santorin flögen, das sei die Insel für die Reichen und für die Verliebten und für die Promis, er klang höhnisch.

Ich wollte bis Weihnachten bleiben, entschied ich.

Paolo nickte.

Über Weihnachten fliege er nach Italien, immer, aber das sei kein Problem, Tania sei ja hier. Einen Direktflug nach Deutschland gebe es dann nicht mehr, aber nach Athen käme ich ohne Probleme, über Athen käme ich nach Berlin.

Berlin. Berlin erschien mir plötzlich weit weg. Für einen Moment war ich sicher, dass ich die Stadt nie wiedersehen würde.

You look tired, sagte Paolo.

Ich hatte ihn noch immer nicht eingeweiht, dass ich fließend Italienisch sprach. Ich beschloss, ihn noch ein wenig auf Abstand zu halten. Ich war mir noch nicht sicher über das Bild, das ich mir von ihm gemacht hatte.

The neighbours, antwortete ich und verdrehte die Augen.

Paolo lachte auf, er verstand sofort. Aber dann kehrte sein mürrischer Gesichtsausdruck zurück, und er sagte etwas, womit ich nicht gerechnet hatte.

I put all her stuff away, sagte er, I put everything in the garbage.

The stuff of your mother?, fragte ich.

From my girlfriend, schüttelte er den Kopf, from my ex.

Mir fiel das Foto von der Frau ein, dass ich auf Instagram entdeckt hatte. Ich hatte vergessen, wie sie aussah. Klein? Brünett? Brille? Von ihr musste er reden.

Where is she, sagte ich, unsicher, ob ich die Antwort hören wollte.

Stockholm, antwortete Paolo.

Und dann wurde es ganz unterhaltsam.

Spätestens am Zehnten jeden Monats sei das Internetdatenvolumen aufgebraucht gewesen. Nächtelang habe sie diese Videos angesehen, erst die von Trump, dann die über das Virus. Ständig habe ihr Handy aufgeleuchtet, Ding-Ding-Ding, wieder eine neue Nachricht aus der Gruppe, wieder ein Link, die ganze Nacht sei das so gegangen, Ding-Ding-Ding, jede Nacht.

Carlotta, listen, habe er irgendwann gesagt, we are an island on an island, just leave the world outside. You can't change the world, please, let's have a peaceful life, okay?

Davon aber habe seine Ex-Freundin nichts wissen wollen. In den fünf Jahren, die sie mit ihm zusammengelebt habe, sei nie Frieden eingekehrt, im Gegenteil. Dem Schäfer habe sie verbieten wollen, seine Hühner auf der Wiese neben dem Haus laufen zu lassen. Einen Zaun um das Grundstück herum wollte sie, aber das sei eine griechische Insel, kein schwedischer Vorgarten, hier baue keiner Zäune. Nur die Chinesen, die ihr Geld wuschen, indem sie die Häuser aufkauften, die bauten Zäune, wobei das eher Mauern seien als Zäune, es seien ja auch eher Festungen als Häuser, in einem gebe es sechs Pools, sechs Pools für zwei Leute!

In fünf Jahren habe seine Ex-Freundin kein einziges Wort Griechisch gelernt, selbst die Chinesen könnten mehr, aber allen habe seine Ex-Freundin erzählen wollen, wie sie zu leben hätten, ganz besonders ihm, Paolo, habe sie das erzählen wollen. Das Bier solle er weglassen wegen seines Bauches, habe sie gesagt, aber in Wahrheit den Planeten gemeint, der Planet sei seiner Ex-Freundin auf jeden Fall wichtiger gewesen als sein Bierbauch, das wisse er. Denn wenn er schon trinke, habe sie zu ihm gesagt, dann solle er wenigstens Biobier trinken. Sowieso habe alles *organic* sein müssen, nur an das Biologischste schlechthin habe sie dann nicht mehr geglaubt, das Virus. Das Virus habe ihr nicht gepasst, die Realität habe ihr nicht gepasst, also habe sie sich für eine andere entschieden. Wenn er sich impfen lasse, habe seine Ex-Freundin ihm gedroht, dann müsse sie ihn verlassen.

Die erste Impfung habe er sich im April geholt, gesagt habe er nichts. Erst nach der zweiten Dosis sechs Wochen später.

Seit Anfang Juni sei seine Ex nun wieder in Stockholm, seit vier Monaten sei sie weg. Ihre Sachen habe er noch am Tag ihres Rückflugs entsorgt, die Duftkerzen, die Globuli, die klimpernden Kissen, diese ganzen beschissenen Kräutertees.

Paolo war rot im Gesicht, aber noch nicht fertig.

Reich sei sie gewesen, sagte er, aber wer aus dem Reichtum komme, der könne nicht mit wenig glücklich sein, der könne gar nicht glücklich sein. Wer glücklich sein wolle, müsse seine eigene Bedeutungslosigkeit akzeptieren! Ein einfaches Leben hätten sie miteinander führen können, aber daraus sei ein

Kampf geworden: sein Leben gegen ihres, seine Überzeugungen gegen ihre, selbst ihre Kindheit hätte sie ständig mit seiner vergleichen wollen.

Einmal habe er sie dann angeschrien, habe geschrien, dass er in einem wirtschaftlich kaputten Land lebe und dort ein Geschäft betreibe, dieses Haus nämlich, dass er dieses Haus hergerichtet habe, dass er mit seinen Händen arbeite und von diesen Händen lebe, nicht wie sie von ihrem Telefon und ihrer Kreditkarte und ihrem schwedischen Pass, und dass eine wie sie ihm nicht zu sagen habe, wie er zu leben hat, nicht eine wie sie!

Jetzt sei sie also wieder in Schweden, weil er sich habe impfen lassen, und in Schweden, da gebe es vielleicht Zimtschnecken und absurd teuren Alkohol, aber keinen menschlichen Kontakt, keine Wärme, keine Nähe. Sie hätten auch kein Bargeld mehr, alles funktioniere mit Karten und Telefonen, und bevor die Leute morgens aus dem Haus gingen, meditierten sie und machten Yoga, dann hängten sie sich ihre Smartphones um wie Waffen, überall bunte Kordeln, an denen Telefone hingen, und den ganzen Tag lang benähmen sich diese Leute wie Arschlöcher, aber abends, abends, wenn sie nachhause kämen, meditierten sie dann wieder und machten Yoga und verziehen sich selbst, dass sie den ganzen Tag lang Arschlöcher gewesen seien. Man könne, und damit griff Paolo nach seinem Baguette und stand auf, man könne heutzutage doch froh sein, wenn man einfach nur normal sei!

An der Treppe blieb er noch mal stehen und drehte sich um.

Die Bombe jedenfalls – und dieser Satz gefiel mir am besten –, die Bombe sei in San Francisco gezündet worden, aber explodieren werde sie hier!

Damit verließ er die Terrasse, und ich dachte, dass jeder, der verlassen wird, sich darüber eine Geschichte erzählen muss und dass das die Geschichte war, die Paolo sich erzählte.

Seltsamerweise glaubte ich jedes Wort.

An diesem Sonntagnachmittag packten die Erstbesten ihre Sachen, und ich rückte im Schlafzimmer das Bett weg von der Wand, die an das Nachbarschlafzimmer grenzte. Hinter meinem Kopf lag nun die Außenwand, an dieser Wand würde niemand Sex haben. Den gestreiften Teppich, der vor dem Kleiderschrank lag, schüttelte ich auf der Terrasse aus. Er wurde nicht ansehnlicher. Ich rollte ihn zusammen und verbannte ihn unter das Sofa in der Wohnküche. Danach suchte ich alle herumstehenden Gegenstände zusammen, die ich nicht brauchte. Einen kleinen Ventilator, ein Bügeleisen, Bierdeckel, einen Aschenbecher, zerschlissene Reiseführer, zwei Krimis auf Holländisch, eine alte Handcreme, zwei urhässliche Vasen. Ich verstaute alles ganz unten im Kleiderschrank. Übrig blieben eine Packung Streichhölzer und zwei Kerzen, eine auf dem Tisch in der Wohnküche, eine auf dem Nachtkästchen im Schlafzimmer. Ich fegte das gesamte Appartement, anschließend schrubbte ich die Böden mit dem Rest Putzmittel, das ich in der Küche gefunden hatte. Das Schlafzimmer war nun makellos, der seltsame Geruch in der Küche blieb. Als ich mich nach einer langen Dusche auf die Terrasse setzte, fuhr unten auf dem Meer gerade das Fährschiff vorbei. Wie auf Kommando. Als hätte das Schiff auf mich gewartet, nicht umgekehrt.

Meine Schwester hat es mit der Liebe genau ein Mal versucht. Mit sechsundzwanzig und mit einer Mutter, die ihr Kind in den Hort brachte, in dem meine Schwester damals arbeitete.

Die Tochter der Frau, in die sich meine Schwester verliebte, hieß Larissa. Sie war eines von diesen Mädchen, die sich im Hintergrund hielten und genau zuschauten, wie etwas gemacht wurde, nur um es später besser zu machen, um es perfekt zu machen. Keines der anderen Kinder wollte mit Larissa spielen, also spielte meine Schwester mit ihr, obwohl sie die Ernsthaftigkeit dieses Mädchens beunruhigte. Da war keine Leichtigkeit, da war etwas nicht in Ordnung. Meine Schwester sprach Larissas Mutter darauf an, aber die antwortete, Larissas Bruder, drei Jahre älter und schon in der Schule, sei ganz anders. Es klang, als habe sie damit klargestellt, dass das Problem nicht in der Familie liege. Dass es nicht ihre Schuld sei.

Meine Schwester akzeptierte das, was blieb ihr anderes übrig. Mittlerweile spielte Larissa mit einem Jungen, der viel weinte, weswegen die anderen Kinder ihn mieden.

Zum Sommerfest des Kindergartens kam Larissas Mutter ohne Larissas Vater. Meine Schwester hatte ihn nur zweimal gesehen, ein bulliger Spanier, der laut lachte, Larissa war verrückt nach ihm. Larissas Mutter schien so gar nicht zu diesem Mann zu passen, fand meine Schwester, aber nach dem Sommerfest fand sie das nicht mehr. Larissas Mutter blieb, als alle anderen Familien aufbrachen, und als nur noch meine Schwester und ihre Kolleginnen übrig waren, half sie mit beim Aufräumen und Abspülen, bis auch die Kolleginnen meiner Schwester gegangen waren. Larissa war eingeschlafen, lag auf einem Sofa im Hort. Als meine Schwester und die Frau alleine waren, stellte sich die Frau vor meine Schwester, als wüsste sie etwas, das meine Schwester nicht wusste. Und dann küsste sie meine Schwester auf den Mund.

Ich war nicht überrascht, hatte meine Schwester gesagt, als sie mir die Geschichte erzählte, ich habe mich nur über mich selbst geärgert, weil ich mich erst jetzt erkannte. Was habe ich vorher denn geglaubt, wer ich bin?

Die Frau und meine Schwester waren vier Jahre ein Liebespaar, vier Jahre, in denen sie manchmal für ein paar Stunden nach Belgien fuhren, nur um Moules Frites zu essen. Niemand hatte etwas gewusst. Die Familie der Frau nicht, die Kolleginnen meiner Schwester nicht, unsere Eltern nicht, ich nicht.

Die Frau verließ meine Schwester so, wie sie sich meine Schwester genommen hatte. Sie stellte sich vor sie hin und sagte, dass es vorbei sei. Sie erklärte sich nicht, sie fasste meine Schwester nicht mehr an. Sie ging und drehte sich nicht um.

Ich war auch diesmal nicht überrascht, sagte meine Schwester. Es war, wie wenn ein Mensch eine Krankheit hat, und alle wissen, dass er daran sterben wird. Man ist dann nicht überrascht, wenn er daran stirbt, sagte sie, man ist nicht überrascht, aber man weiß erst in dem Moment, wie weh es tut. Darauf, sagte sie, kann man sich nicht vorbereiten.

Meine Schwester nannte kein einziges Mal den Namen der Frau, aber sie weinte, als sie ihre Geschichte erzählte. Nachdem sie sich gefangen hatte, sagte sie, dass sie sich danach geschworen habe, niemals eine Familie zu gründen, sich aber einen Windhund zu kaufen, einen wie bei den *Simpsons*, einen aus einem Rennstall, einen, den keiner mehr wollte.

Wir saßen in ihrem Garten, und wir hatten an diesem Tag eben diesen Windhund beerdigt. Karl. Er war sechzehn Jahre alt geworden.

Wäre ich nicht zu Besuch gewesen, als er eingeschläfert werden musste, meine Schwester hätte mir ihre Geschichte nicht erzählt.

Einige Wochen später, es war Herbst geworden, der nächste Lockdown stand bevor, schenkte ich meiner Schwester eine Katze.

Die *Simpsons* haben auch eine Katze.

Ich blieb lange auf meiner Bank sitzen, das Fährschiff war verschwunden, die Sonne auch. Es war ein besonders schöner Abend, die Erstbesten waren zum Essen ins Dorf gegangen.

Ich versuchte mir Paolo und Carlotta vorzustellen.

Ich sah die beiden zwei Stockwerke unter mir sitzen, auf den ausrangierten Europaletten, aus denen Paolo seine Hippiemöbel gezimmert hatte, Carlotta auf einem klimpernden Kissen, Paolo reichten eine alte Decke und sein Bier.

Jeden Abend saßen die beiden im Sonnenuntergang, vor allem am Anfang. Damals war es heiß, Sommer, es war perfekt. Carlotta hatte auf der Insel Urlaub gemacht, und dann war sie geblieben. Warum nicht? Sie hatte nur ein Leben.

Ich sah die beiden da unten sitzen, und ich verstand es.

Sie hatten das Setting mit Gefühlen verwechselt.

Das passierte ständig.

Dass der schöne Ausblick, das bauchige Weinglas, der Geruch des Meeres ein anderes Leben verhießen als das, das man hatte. Man vergaß darüber leicht, wer man war. Und was man wirklich fühlte. Und wer der andere war. Und was der wirklich fühlte. Es war eine Projektion. Man wollte ein Gefühl, Liebe, und man suchte sich einen Menschen dazu aus.

Paolo und Carlotta war es nicht anders gegangen.

Karl, der Hund meiner Schwester, wurde im ersten Sommer der Pandemie eingeschläfert, ein paar Monate nach meinem Abschied aus der Villa und meinem vierzigsten Geburtstag. Ich verbrachte zwei Wochen in Hamburg, denn mit meiner Kündigung fiel auch die jährliche Sizilienreise zu unseren Partnern weg. Ich fand es nicht schlimm, ein Flug kam mir wie ein unmöglicher Kraftakt vor.

Meine Schwester wohnt in einem kleinen, zweistöckigen Haus in Wandsbek, das ihr unsere Großeltern vermacht haben. Das Haus hat einen kleinen Garten, aber das Beste daran ist das Badezimmer im oberen Stock, das so groß ist wie das Wohnzimmer darunter. Die Dusche ist barrierefrei, sie befindet sich in einer Ecke des Zimmers, daneben ein Fenster. Jedes Mal, wenn ich bei meiner Schwester bin, stehe ich minutenlang unter ihrer Dusche und schaue hinaus in den Himmel.

Meine Schwester hatte mich gewarnt, dass Karl sich verändert habe. Er bleibe nicht mehr gern allein, laufe ihr überall hin nach, manchmal bleibe er mitten auf der Treppe zum Garten stehen, weil er zu vergessen haben schien, was er dort wollte. Oder wie Treppenlaufen ging. Sie vermutete, dass er dement geworden war, auch Tiere könnten dement werden, mir war das nicht klar gewesen, aber ich glaubte meiner Schwester. Einmal während meines Besuchs ging sie nach dem Frühstücken einkaufen, und ich blieb mit Karl zurück. Er beachtete mich kaum. Hunde wissen genau, bei wem etwas zu holen ist und bei wem nicht, so viel hatte ich über die Jahre mitgekriegt. Und er auch.

An diesem Morgen blieb ich wieder lange unter der Dusche stehen, mit dem Rücken zum Raum, vor mir das Fenster. Als ich mich irgendwann umdrehte, stand direkt vor mir Karl, dieser riesige blonde Windhund. Ich hatte ihn nicht kommen hören, das Wasser tropfte von meiner Haut, und der Hund meiner Schwester starrte mich an. Ich erschrak so sehr, dass ich aufschrie, aber schlimmer noch als mein Schreck war der von Karl. Ich sah seinen Augen an, dass er genau verstand, dass da gerade etwas zwischen uns passiert war. Und irgendwie musste ich an unsere Großmutter denken. An diesen Blick, den sie in den Monaten vor ihrem Tod manchmal gehabt hatte. Es war ein Blick, der von einer Sekunde auf die andere umschlagen konnte, von kindlicher Neugier in blanke Angst.

Karl rannte aus dem Bad. Er durfte gar nicht in den ersten Stock. Aus irgendeinem Grund erzählte ich meiner Schwester nichts davon. Als wäre es ein Geheimnis zwischen mir und ihrem Hund. Als hätte ihn mein Schweigen vor dem weiteren Verfall bewahren können.

In dieser Nacht blieb es still, trotzdem wachte ich auf. Irgendwann war ich hellwach, obwohl alles ruhig war. Ich lag in meinem Schlafzimmer, beide Fenster wie immer weit offen, und konnte nicht mehr einschlafen. Ich weiß nicht, wie lange ich so lag, aber plötzlich lachte eine Frau. In die Stille hinein fuhr das Lachen einer Frau.

Ich habe nie etwas Gruseligeres gehört.

Ich hatte Gänsehaut.

Wie in der Nacht zuvor, als mich die Erstbesten geweckt hatten, dauerte es ein paar Sekunden, bis ich das Geräusch einordnen konnte. Die Amerikanerin. Es war die Amerikanerin, die unter mir auf ihrer Terrasse sitzen musste. Und die mitten in der Nacht lachte.

Ich wusste nicht, worüber, hörte nur ihr Lachen in regelmäßigen Abständen. Ich sah sie in dieser lauen Herbstnacht auf ihrer Terrasse sitzen, vielleicht eines der rot-weißen Kätzchen auf dem Schoß, und ich stellte mir vor, dass sie Videos auf ihrem Telefon ansah. Wie einst Carlotta. Dass sie ein Buch las, schloss ich aus. Sie sah sich Videos im Internet an, da war ich sicher, und sie benutzte Kopfhörer. Ich schaute aber nicht nach, beugte mich nicht hinaus, um hinunterzusehen. Ich schloss das Fenster nur.

# 7

Es war ein Witz, der den Abend sprengte. Wobei er ihn nicht wirklich sprengte, es waren nur die Reaktionen auf diesen Witz, die mich trafen. Überhaupt war der Abend schrecklich.

Katja hatte alle zu sich eingeladen, am nächsten Tag wollten wir beide nach Palermo fliegen, unser einziger gemeinsamer Urlaub, sie als mein Gast in unserer italienischen Partnerresidenz. Unser Flug ging erst am Nachmittag, trotzdem wäre es mir zu stressig gewesen, am Abend zuvor noch ein Essen zu organisieren. Aber Katja hatte sich in den Kopf gesetzt, dass es schön wäre, wenn wir alle endlich einen Abend miteinander verbrächten: sie und Gustav, Ela und Matthias, Simon und ich.

Simon hatten Katja und Ela bis dahin nur einmal getroffen, ein Jahr zuvor, als er sein Frankreich-Stipendium gefeiert und entgegen seiner Art ein paar Leute zu sich nachhause eingeladen hatte. Eigentlich hasste Simon Gruppen, Partys und Gruppen, alles ab drei war eine Gruppe.

Gustav und Simon waren einander noch nie begegnet. Matthias war besser integriert. Katja und Gustav hatten Ela und ihn ein paarmal zusammen getroffen, er klebte ja auch an Ela, ließ sich nicht mehr abkratzen. Katja fand ihn nicht so schlimm wie ich und meinte einmal zu mir, na ja, der hat halt ein schlechtes Gewissen, weil er sein Kind im Stich gelassen hat, und jetzt will er die Welt retten, reg dich nicht so auf! Was Gustav von Matthias hielt, wusste ich nicht, Katja hatte es nie erwähnt.

Bis zuletzt hoffte ich, Simon würde nicht mitkommen. Seit seiner Rückkehr aus Paris sahen wir uns kaum, und wenn wir uns sahen, dachte ich: Das war's! Aber ich verließ ihn nicht. Wollte ich, dass *er* Schluss machte?

Am Tag des Essens war er gut drauf, glaubte gerade mal wieder an sein verunglücktes Gothic-Manuskript. Wir waren für den Nachtisch zuständig. Er begutachtete die Dinger aus Pudding und Rum, die ich aus dem Ofen geholt hatte. Französische Patisserie. Sie hatten einen Namen, den ich nicht aussprechen konnte, aber die Auflaufform dafür hatte ich bei Karstadt gekriegt. Lieber inner Form lassen, sonst stürzense gleich wieder ein, sagte Simon und klang wohlwollender, als ich erwartet hatte. Er würde davon ohnehin nichts essen, der Alkohol. Wir gingen damit rüber zu Katja und waren die Ersten.

Gustav und Simon fanden gleich zueinander. Dass Simon nicht trank, konnte Gustav nur gutheißen, er war ja Chirurg und wusste offensichtlich, wie ein Mensch, der es mit Genussmitteln übertrieben hatte, von innen aussah. Schlimmer als die Trinker, sagte er, sind natürlich nur die Raucher! Dazu goss er sich ein Glas Weißwein ein und ging auf den Balkon. Seine Zigarillos lagen auf einem Stephen-King-Roman, den Simon nicht kommentierte. An diesem Abend wollte er gemocht werden.

Katja trug eine weit geschnittene weiße Bluse zu

einer ebenso weit geschnittenen schwarzen Hose. Ich hätte darin wie eine Kellnerin ausgesehen, Katja sah darin aus wie Katja. Ich stellte mir vor, wie die Italiener auf sie reagieren würden und bereute kurz, sie eingeladen zu haben. Sie reichte mir ein Glas Crémant und küsste mich auf den Mund, es war nur ein Hauch. Manchmal machte sie das, ich wusste nie, wie ich reagieren sollte, dann war es auch schon wieder vorbei.

Straight-Edge-Simon war darüber hinaus kein Thema mehr. Er hielt sich an den Kirschsaft, den er sich selber mitgebracht hatte. Es gab auch Momente, in denen er mich rührte, immerhin hatte er Prinzipien.

Matthias und Ela kamen über eine halbe Stunde zu spät, Katja und ich waren schon ein bisschen betrunken, als sie klingelten. Gustav hatte immer noch etwas übrig von seinem ersten Glas. Er unterhielt sich mit Simon über Städte, Städte waren immer ein dankbares Thema. Simon befragte Gustav erst zu Zürich und dann zu Genf, als wäre Gustav ein Immobilienmakler, und wie Gustav so dasaß, barfuß, blaue Stoffhose, weißes T-Shirt, passte er auf eine Yacht an der Adria. Er war der einzige Mann mit Glatze, den ich attraktiv fand. Ich mochte auch den Schweizer Akzent.

Katja ließ die Vorspeise fallen, als Matthias und Ela endlich am Tisch saßen. Verbrannte Blätterteigtaschen, überbacken mit Ziegenkäse und Rosmarin. Katja schob vom Boden alles zurück auf das Ofenblech, als wäre nichts, und sogar Simon grinste. Matthias und Ela hatten sich verspätet, weil sie vom ersten Discodonnerstag in der *Bio-Boutique* kamen. Gegen Ende sei noch die Frau eines Freundes aufgetaucht, erzählte Matthias, eine Künstlerin, und da hätten sie sich verquatscht. Die Disco sei total gut angekommen, man könne gutes Essen ja durchaus schon feiern, *bevor* man es zubereitet habe, sagte er, aber Katja unterbrach ihn: Was für eine Art Künstlerin die Frau sei. Matthias verzog für einen kaum wahrnehmbaren Moment das Gesicht und fand dann wieder in seinen übertrieben warmen Tonfall: Ja, *ganz* schwieriges Thema, ich glaub, weil ich die Art Kunst, die sie macht, einfach nicht *mag*?

Ich kannte diese subtilen Herabsetzungen von meinen Chefs. Sie waren neidisch, weil sich jemand anderes als sie verwirklicht hatte. Ich stellte auf Durchzug, und als ich mich wieder auf das Gespräch konzentrierte, hörte ich, wie Matthias Ela *Angela* nannte. Was sollte denn das jetzt? Musste er auch noch eine andere Frau aus ihr machen? Ela war Ela, kein Mensch nannte sie je Angela!

Aber Ela schien es nicht schlimm zu finden.

Sie verkündete, wenn sie und Matthias einmal Kinder miteinander bekommen sollten – es sei dafür natürlich noch zu früh –, jedenfalls aber, *wenn*, dann würden sie diese Kinder zu Minimalisten erziehen. Bei Matthias' Sohn sei es dafür zu spät, der sei bereits fünf und total verwöhnt, aber bei ihren Kindern wollten sie es besser machen.

Simon sah jetzt aus, als wäre er aufgewacht. Ich hoffte auf etwas richtig Gehässiges, dafür war er immer gut, los, aber er schwieg noch, hörte zu, hörte sich diesen Unsinn ebenso an wie ich.

Matthias: Wenn die nicht wissen, was es alles gibt, dann wollen sie es auch nicht.

Ela: Es reichen ja auch drei Spielzeuge pro Jahr statt fünfzehn.

Matthias: Und vier Hosen und vier Pullover.

Ela: Für jede Jahreszeit ein Outfit. Vielleicht auch ein Ersatzoutfit. Also acht Hosen und acht Pullover. Muss man halt alles überlegen und richtig planen, komplett planen.

Matthias: Und dann durchziehen, durchziehen.

Ela: Unterwäsche ist natürlich ne Ausnahme.

Simon beugte sich ein wenig vor: Wird halt schwierig mit Internet und so.

Ela: Davon würden wir sie natürlich fernhalten.

Matthias: So lange wie möglich würden wir das.

Ela: Man muss halt *echt* nicht alles mitmachen.

Matthias: Man kann ja auch mal für sich selber denken. Katzen zum Beispiel.

Ela: Genau, der Kratzbaum!

Matthias: Also, es gibt ja diese Kratzbäume für Katzen.

Ela: Da gibt es alle möglichen Größen.

Matthias: Und so ne Katze, die beschwert sich ja jetzt auch nicht, wenn bei ihr daheim ein kleiner Kratzbaum steht. Die *weiß* ja nicht, dass es auch große Kratzbäume gibt!

Ela: Genau. Und dann reicht ja auch ein kleiner.

Matthias: Genau.

Und was ist in der Schule?, fragte ich. Vielleicht gibt es bis dahin nur noch Schulen, an denen jeder einen Computer haben *muss*? Oder es gibt gar keine richtigen Schulen mehr, nur noch Online-Unterricht?

Matthias ignorierte das, sah mich gar nicht an, nahm aber einen großzügigen Schluck von seinem Weißwein und sagte: So wie jetzt kann es jedenfalls nicht weitergehen!

Es klang, als wäre die Welt ein Zimmer, in dem sein verwöhnter Fünfjähriger schon wieder Unordnung gemacht hatte. Es folgte aber ein Monolog über Lebensmittelverschwendung, in dem das Wort *Agrarmafia* vorkam. Man merkte, dass Matthias ihn schon viele Male gehalten hatte. Er sprach über die Überflussgesellschaft und schwenkte dabei sein Weinglas wie ein ungeduldiger Großgrundbesitzer. Hätte ich weiter zugehört, hätte es mich nicht gewundert, wenn er noch den Bogen zum illegalen Welpenhandel geschlagen hätte. Stattdessen schaute ich zu Katja, die mittlerweile vor ihrem Sci-Fi-Herd stand, um das Zitronenrisotto fertig zu machen, ein Rezept von Gustav, der hier normalerweise kochte. Er war es auch, der den irren Herd angeschafft hatte.

Wie ich es hasste, wenn Männer ihre Weingläser schwenkten. Manche machten es sogar mit ihren Wassergläsern. Gustavs Glas stand unberührt vor ihm, er hörte Matthias zu. Seinem Gesicht war nicht zu entnehmen, was er dachte, er war als Schweizer natürlich viel zu höflich, um sich das anmerken zu lassen. Vielleicht schlief er auch mit offenen Augen, wie Homer. Es gibt diese eine *Simpsons*-Folge, in der er im Kraftwerk eine Brille mit aufgemalten Augen trägt, ein Running Gag zwischen meiner Schwester und mir.

Simon biss in sein viertes Stück Blätterteig und

zwinkerte mir beim Kauen zu. Aus unserer Beziehung war zwar die Luft raus, aber immerhin hatten wir noch dieselben Feinde. Sein Zwinkern war das Beste an dem Abend, das und Katjas Kuss zum Anfang. Als sie das Risotto auf den Tisch stellte, nahm dann alles eine falsche Richtung.

Aus irgendeinem Grund ging es darum, wie wir einander kennengelernt hatten, wir Paare. Also erzählte Katja die Würgeengel-Geschichte, die alle kannten, Ela redete von einer App, auf der die Frauen die Männer anschrieben, nicht die Männer die Frauen, dann war ich dran. Die Verwaltung der Pärchenlegende war offenbar Frauensache, weder Gustav noch Matthias hatten über ihre Geschichte etwas zu sagen gehabt.

Ich machte den Fehler zu erzählen, dass Simon in der Villa hingefallen war, vor meinen Augen und den Augen aller anderen. Katja wusste das, Ela hatte ich es nie erzählt, Simon war einfach niemand, der über sich selbst lachen konnte.

Die offizielle Version lautete immer: Er wohnte eine Weile in der Künstlerresidenz, für die ich arbeite. Ich merkte schon beim Reden, wie ich ihn verlor, dass ich kein weiteres Zwinkern mehr kriegen würde, vielleicht gar keins mehr. Und weil Matthias permanent auflachte, wollte ich nur noch die Kurve kriegen. Was auch immer mittlerweile zwischen mir und Simon im Argen lag, bloßstellen wollte ich ihn nicht.

Also redete ich einfach weiter. Vielleicht glaubte ich, ich könnte das vorher Gesagte weiter weg schieben, je länger ich redete. So wie diese Texte auf Telepromptern oder bei *Star Wars*-Filmen: Die Schrift läuft immer weiter, und irgendwann kann keiner mehr lesen, was ganz oben steht. Ich blieb bei der Villa und machte mit einem alten Ornithologen aus Polen weiter, den ich gerade betreute. Ich wollte erzählen, wie ich ihn in den Grunewald begleitet hatte, wo er Vögel beobachten wollte. Er hatte sich vorgenommen, in einer Art Autobiografie über diese Erkundungen zu schreiben, hauptsächlich aber ging es um den Tod seiner Frau, den er damit zu bewältigen versuchte. Und weil er zuhause bei sich in Stettin alle Vögel kannte, wollte er nun die in Berlin sehen.

Der Pole war beinahe achtzig, sprach gut Deutsch und hatte etwas so Rührendes und so Ernsthaftes, dass er drei Monate bei uns wohnen durfte. Ich hatte keine Ahnung von Vögeln und daher ein Treffen mit einem Jäger organisiert, der zumindest etwas von Greifvögeln verstand. Der Jäger verspätete sich, also spazierten wir eine Runde allein durch den Wald, wo der Mann wild in alle Richtungen deutete. Aus einem Loch in einem Baumstamm ragte ein kreischender Schnabel, ein hungriges Vogelbaby, das ich ohne den Polen niemals wahrgenommen hätte. Gegen einen anderen Stamm pochte ein Buntspecht, einmal wies er mich auf ein Rotkehlchen hin, und ich sah nur ein Eichhörnchen. An einer Stelle blieb der Mann stehen und sah ernst auf den Boden. Dort lagen Federn. Hier ist jemand gestorben, murmelte er. Schließlich ging er weiter und sagte, eher zu sich selbst: Oder der Vogel hat nur etwas verloren!

Kurz bevor der Jäger kam, erklärte er mir, dass Krähen, die mit geöffneten Schnäbeln herumhüpften, nicht etwa hungrig seien, sondern schwitzten.

Ich mochte alles an diesem melancholischen Alten, der bald seinen Debütroman veröffentlichen würde. Und als er mitbekam, dass ich aus Hamburg stammte, wurde er fast noch überschwänglich. Er wirkte zwanzig Jahre jünger, als er von seiner Zeit am Hafen berichtete. Er hatte im Kaffeeimport gearbeitet, Säcke angeritzt und Bohnen darauf getestet, ob sie den Standards genügten, ob aus ihnen guter Kaffee werden würde. Jeden Abend, erinnerte sich der Mann, bin ich extra früh ins Bett gegangen, damit es schneller wieder Morgen war und ich zur Arbeit gehen konnte! Wir lachten beide, aber später, zuhause, dachte ich: Er hat so begeistert von seiner Vergangenheit erzählt, dass man nur erahnen kann, wie traurig seine Gegenwart sein muss.

Das jedenfalls hatte ich erzählen *wollen*. Ich hatte diesen Mann an Katjas Küchentisch lebendig machen wollen und beschreiben, was er in mir ausgelöst hatte, aber es gelang mir nicht. Ich bin nicht gut im Geschichtenerzählen, ich vergesse wichtige Teile, ich fange mit der falschen Szene an, ich finde den Weg nicht zur Pointe, ich vergesse die Pointe. Ich verhedderte mich und sah selber, dass ich die anderen langweilte, und irgendwann rettete mich Gustav, indem er sagte: Ich hab ja total Angst vor Vögeln!

Was natürlich wieder alle aufweckte.

Er erzählte, wie er als Zwölfjähriger seine Großmutter überredet hatte, ihre Kanarienvögel zu zähmen. Die Großmutter hatte zwei Stück, einen gelben und einen orangefarbenen, Gustav wollte mit dem gelben anfangen. Die Vögel hatten immer auf dem Fensterbrett seiner Oma gestanden, saßen einander gegenüber, zwitscherten nicht und bewegten sich kaum, eigentlich sahen sie aus wie ausgestopft. Im Leben dieser Vögel war nie etwas anderes passiert, als dass die Körner und das Wasser aufgefüllt worden waren, und nun fasste Gustav in den Käfig, griff sich den gelben Vogel, hielt ihn in der Hand und setzte ihn nach ein paar Sekunden auf die Stange zurück. Er habe langsam anfangen wollen, sagte er, den Vogel an die Zähmung gewöhnen wollen, so habe er das damals auch seiner Oma erklärt. Aber als er am nächsten Tag zum Mittagessen kam, öffnete sie ihm die Tür mit den Worten: Der Vogel ist tot! Und am übernächsten Tag war auch der andere tot. Ohne seinen gelben Kumpan hatte er dem Nichts gegenübergesessen. Gustavs Oma vermutete, er starb aus Kummer.

Seine Großmutter, sagte Gustav in diesem Schweizer Singsang, sei ihm kein bisschen böse gewesen, er dagegen habe monatelang solche Schuldgefühle gehabt, dass er sich nicht einmal getraut habe, die Katze zu streicheln.

Alle lachten, und Simon schnappte sich dieses Lachen. Wo wir schon bei Familientraumata waren.

Simon erzählte die Geschichte von der schwangeren Freundin seines zehn Jahre älteren Bruders. Der Bruder und die Freundin waren damals achtzehn, die Schwangerschaft war ein Unfall gewesen, aber sie hatten das Kind gewollt. Nur verlor die Freundin des Bruders das Baby am Ende des sechsten Monats. Die Freundin hatte außerdem eine Zwillingsschwester, die Simon nie gesehen hatte. Er wusste aus Erzählungen, dass es sie gab, und es faszinierte ihn, dass man ein Geschwister haben konnte, das genauso aussah wie man selbst. Natürlich faszinierte einen Narzissten das.

Die Nacht, in der die Freundin des Bruders das Kind verlor, hatte sie bei ihnen zuhause verbringen wollen. Simon war früh ins Bett geschickt worden und hatte im Halbschlaf mitbekommen, dass Leute Treppen hinauf- und hinunterrannten, Autotüren zuschlugen, jemand etwas rief, aber er war zu müde, um aufzustehen, zu müde, um richtig wach zu werden.

Als er aufstand, war es fast Mittag.

Simon ging zur Treppe und wollte ins Erdgeschoss, stoppte aber auf halbem Weg, weil er so erschrak: Unten im Flur stand die Zwillingsschwester der Freundin seines Bruders. Das musste sie jedenfalls sein, sie hatte keinen Bauch und die Freundin seines Bruders war doch so rund? Sie starrten einander für einen Moment an, das Mädchen war bleich wie ein Gespenst. Simon rannte zurück in sein Zimmer und fing an zu weinen. Er begriff, dass etwas nicht stimmte, aber nicht, was. Und weil alle mit der Freundin seines Bruders beschäftigt waren, kam niemand zu ihm. Erst am Abend traute er sich wieder aus dem Zimmer.

Katja, Gustav, Matthias und Ela hingen an Simons Lippen. Das Risotto war lange aufgegessen, es war keiner mehr mit seinem Teller beschäftigt, nicht mal mehr Wein tranken sie. Es kam mir vor, als wollte sich keiner bewegen, um die Stimmung nicht zu zerstören.

Simons Geschichte war brutal, und sie war traurig, und er kriegte sie alle mit dieser Geschichte, weil er den richtigen Ton traf. Aber das war nicht das Schlimme. Das Schlimme war, dass er diese Geschichte, die ich natürlich kannte, nur den anderen erzählte. Nicht mehr mir. Es war wie bei meinen Eltern. Die erzählten anderen seit Jahren die gleichen Anekdoten, aber sie ergänzten einander nicht mehr dabei, und sie schauten einander während des Erzählens nicht mehr an.

Natürlich war Simons Geschichte seine Geschichte, nicht unsere, aber dass er mich dabei kein einziges Mal ansah, nicht einmal in meine Richtung blickte, das verletzte mich. Und vor allem überraschte mich, wie sehr es mich verletzte.

Als sich alle wieder erholt hatten, öffnete Katja den Dessertwein, den Matthias und Ela mitgebracht hatten, und holte meine französischen Puddingteile aus dem Kühlschrank. Es fragte keiner nach, wie sie hießen. Simon blieb bei seinem Saft und bat außerdem um einen Espresso. Ich rechnete mit dem Schlimmsten, aber dann fingen alle an, meinen Nachtisch zu loben. Jeder nahm sich zwei Stücke, Katja sogar drei, und weil mich das wieder ein bisschen aufbaute, sodass ich Simon nun umso mehr erreichen wollte, versuchte ich es mit dem Witz, den er mir vor ein paar Tagen erzählt hatte. Ich war sicher, ihn damit aus der Reserve zu locken.

Womit duschen Kannibalen??, fragte ich in die Runde.

Ela kicherte, Katja sagte, keine Ahnung?

Ich rief: Head & Shoulders!

Auf Gustavs Gesicht zeichnete sich ein Lächeln ab, dessen er sich nicht sicher schien. Sonst Stille.

Dann Katja: Naja.

Und schlimmer noch als ihre Abfuhr war, dass Simon mich nun komplett fallen ließ.

Er lachte nicht nur nicht, er sah mich sogar kurz an und sagte dann in die Runde, wie beiläufig: Nee.

Er hatte mir diesen dummen Witz drei Tage vorher am Telefon erzählt! Ich war so perplex, dass ich nicht mal widersprach. So perplex, dass ich gar nichts mehr sagte, während die anderen das Gespräch wieder aufnahmen, einander Wein nachschenkten, und Katja nun auch allen anderen Kaffee machte. Ich lehnte ab. Ich sah mich an ihrem Tisch sitzen und fragte mich, was das alles sollte.

Wieso hielt Ela ihr Weinglas so affig? Wieso hatte Katja diese ganzen Sachen gekocht, die sie nachher doch nur wieder auskotzen würde? Wieso hatte ich einen Nachtisch mitgebracht, dessen Namen ich nicht aussprechen konnte? Wieso spielten wir hier alle Rollen?

Katja brachte Kekse, und Matthias riss mich aus meinen Gedanken. Er war gut angetrunken und fühlte sich wohl, hatte bereits in die Runde geraunt, er finde es *total schön*, dass dieser Abend *gerade passiere*. Matthias war jetzt der Mann, für den er sich selber hielt. In Wahrheit aber zeigte er sich nur, er entlarvte sich endlich selbst.

Du warst letzte Nacht übrigens total nett zu mir, sagte er, als Katja die Schale mit den Biscotti auf den Tisch stellte.

Er machte eine Kunstpause, schwenkte wieder sein Weinglas, genoss seine Kunstpause.

Also natürlich nicht wirklich, sagte er und lachte, ich hab nur von dir geträumt, erklärte er und lachte erneut. Ich weiß nicht mehr was, aber es fällt mir gerade wieder ein.

Man muss immer darauf achten, was Menschen im Scherz sagen. Menschen verstecken ihre Wünsche und ihre Ängste im Scherz. Und in dem Fall war es wohl ein Wunsch.

Katja ließ sich das gefallen, indem sie mitlachte. Gustav rauchte auf dem Balkon, und Ela lachte auch mit, aber es klang ein wenig zu schrill. Und vielleicht erschütterte mich das am meisten – aus Ela war eine Frau geworden, die Dinge überspielte?

Aber aus mir ja auch.

Wir waren zu Frauen geworden, die Dinge überspielten.

Natürlich sagte ich nichts. Simon schwieg die zwei Minuten bis zu meiner Wohnung, ich rechnete damit, dass er zu sich fahren würde. Er blieb. Und natürlich sagte ich auch zu ihm nichts.

Ich hatte es ja noch nicht einmal geschafft, eine japanische Pianistin nach ihrem Hund zu fragen.

And suddenly she longed for such solitude,
like a child who has become overexcited at a party,
and who should have been taken home,
by a prudent nurse, some time ago.
*Anita Brookner*

Eine Frau, die einen Spaziergang im Wald macht, hat einen unerhörten Gedanken: Was, wenn sie ein Jahr lang schweigen würde? Mit niemandem sprechen, kein Wort.

Die Frau ist aufgeregt, der Gedanke gefällt ihr.

Ein Jahr lang nicht an der Welt teilnehmen, ein Jahr lang Ruhe haben.

Die Frau arbeitet von zuhause, sie muss fast nie telefonieren, in ihrer Firma erledigen sie seit Jahren alles per Chat, per Mail. Gesund ist sie auch, die letzten Vorsorgetermine hat sie gerade erst hinter sich gebracht, ein Jahr lang nicht zum Arzt gehen, das könnte sie sich erlauben.

Und der Kater?

Reagiert ohnehin nie auf die hilflosen Ansprachen, die sie an ihn richtet, manchmal sieht er sogar genervt aus, doch, er würde ihr verzeihen, wenn sie ihn nur noch füttern und streicheln würde. Und ihr Mann wäre nun wirklich das geringste Problem. Sie lebt oben, er unten, was er wissen muss, kann sie ihm auf kleine Zettel schreiben und an die Verbindungstür hängen. Die Feiertage verbringen sie seit Jahren nicht mehr miteinander, weiß Gott, wo er seine verbringt, sie hat nie nachgefragt.

Die Frau ist fast eine Stunde durch den Wald gelaufen, der Plan wird immer greifbarer. Was sie sich alles ersparen könnte!

Die zermürbenden Treffen mit den Freundinnen, die immer nur von ihren Sorgen erzählen, sich aber nie an die Ratschläge halten, die sie ihnen gibt. Ja manchmal kommt es ihr so vor, als bräuchten ihre Freundinnen diese Sorgen, als wüssten sie gar nichts mit sich anzufangen ohne diese Sorgen.

Aber was sie mit ihrer eigenen Zeit alles anstellen könnte!

Verreisen, lesen, endlich so viel schlafen, wie sie will.

Als die Frau aus dem Wald kommt und die Straße zu ihrem Haus überquert, ist sie glücklich wie lange nicht. Sie hat ihren Entschluss gefasst, sie hat schon angefangen mit dem Schweigen, das Jahr ohne Worte hat bereits begonnen.

Da kommt ihr der Nachbar entgegen, der Kerl, der daheim immer schreit und draußen nie grüßt. Aus irgendeinem Grund macht er ihr Platz, der Gehweg ist zu schmal für sie beide, aber er lässt ihr den Vortritt, und die Frau ruft: Danke!

Und in diesem Moment fällt ihr Plan in sich zusammen.

Niemals könnte sie ein ganzes Jahr schweigen, sie ist doch viel zu höflich.

*

Eine Frau, die seit Jahren diese eine Fantasie hat. Die Frau ist nur dank dieser Fantasie durch ihre Zwanziger gekommen, aber als sie vierunddreißig ist, fängt die Fantasie an, zu zwicken und zu jucken, sie lässt sie nachts nicht mehr schlafen. Die Frau sieht sich in dieser Fantasie heiraten, sie sieht nicht, welchen Mann, aber sie weiß, dass sie tanzen wird mit diesem Mann und dass »I'm your man« laufen wird von Leonard Cohen. Alle, die sie kennen, schauen dabei zu. Sie sind gerührt, weil sie an sie glauben. Sie glauben an sie und diesen Mann, selbst Leonard Cohen glaubt an sie und diesen Mann. Aber die Frau heiratet nicht, sie wird nur fünfunddreißig und sechsunddreißig und siebenunddreißig und achtunddreißig, und in jedem Jahr wird ihr Leben ein bisschen chaotischer und gleichzeitig ein bisschen ruhiger. In jedem Jahr wird ihr etwas anderes egal, Intervallfasten, Alkohol, dieser eine Freund, der ihr nichts gönnt. Ein paar Leute in ihrem Umfeld heiraten, aber bei keiner Hochzeit läuft Leonard Cohen. Die Freundinnen setzen auf Adele oder auf Erlend Øye, ein Freund versucht es mit Udo Jürgens, ironisch natürlich. Irgendwann ist die Frau dreiundvierzig und erinnert sich an ihre alte Fantasie, von der sie gar nicht mehr sagen könnte, woher sie kam. Mit einer Freundin sitzt sie auf dem Balkon, es ist eine alte Freundin, die ähnlich Federn lassen musste wie sie, ein toter Vater, ein entfernter Eierstock, zwei Jahre Hartz IV. Jetzt sitzen sie da und die Frau sagt: Ich hab immer gedacht, ich heirate mal zu »I'm your man« von Leonard Cohen, ist das nicht schrecklich?

Und dann müssen beide so schlimm lachen, dass sie ein bisschen in ihre Unterhosen pinkeln.

*

Eine Frau, die mit ihrer besten Freundin an einem Tresen sitzt und sagt: Weißt du, wenn mir einer sagt, dass er mich mag, dann glaub ich ihm das auch! Die beste Freundin weiß nicht, wie sie es sagen soll, also sagt sie es nicht. Stattdessen sagt sie: Aber es sind halt nur Worte!

Beide sehen ratlos aus.

Beide denken an all die Worte, die noch gesprochen wurden, wenn einer schon längst wusste, dass es vorbei ist.

*

Eine Frau, die zweimal mit einem Mann schläft, der nach dem zweiten Mal im Scherz sagt, er könne keine Beziehung mit einer Frau führen, die nicht mal Deckenlampen habe, sondern nur Glühbirnen. Der Mann meldet sich nie wieder, und die Frau fängt an, ihre Wohnung manisch zu renovieren. Ein halbes Jahr später lernt sie einen anderen Mann kennen und zieht aus.

*

Eine Frau, die auf einem Spielplatz steht und einer anderen Frau vom Vater ihres Kindes erzählt, von dessen Bindung zu dem Kind: Er lässt sich immer nur alles erzählen. Als würde ihm das schon reichen!

*

Eine Frau, die ihre Nachbarin beäugt. Die Nachbarin hat vier kleine Kinder, die im Matrosenanzug durch den Garten rennen, und einen reichen Mann, der nie da ist, und wenn er mal da ist, geht er viel zu schnell. Eines Tages nimmt die Nachbarin die Schrotflinte ihres Mannes und schießt sich damit ins Gesicht.

Die Frau sagt: Aber die hatte doch alles, da erschießt man sich doch nicht einfach!

*

Eine Frau, die sich wundert. Dass ihre Freundinnen als Lehrerinnen, Moderatorinnen, Verkäuferinnen, Autorinnen und Pflegerinnen arbeiten. Nicht als Psychologinnen.

So exakt, wie sie die Männer an ihrer Seite analysieren.

Und sie bekommen nicht mal Geld dafür?

Keine Antwort?

Keine Veränderung?

Stattdessen gehen die Freundinnen weiter neben diesen Männern durch ihr Leben, permanent bedacht, nicht zu schnell zu laufen, damit die Männer hinterherkommen, und zugleich ständig in Sorge, dass diese Männer plötzlich stehen bleiben und in eine ganz andere Richtung davonlaufen könnten.

Die Frau, die sich wundert, wünscht sich, dass im Gegenteil ihre Freundinnen diesen Männern davonlaufen, aber sie laufen nur zu ihr, setzen sich an ihren Küchentisch und analysieren die Männer, mit denen sie zusammenleben.

*

Eine Frau, die immer den gleichen Gedanken hat, wenn sie eine ältere Frau sieht. Eine ältere Frau, der man ihr Alter ansieht. Jedes Mal, wenn die Frau eine solche Frau sieht, denkt sie: Aber hätte die sich nicht mehr Mühe geben können?

*

Eine Frau, die sich immer wieder vorstellt, sie hätte nur noch ein Jahr zu leben. Jedes Mal fragt sie sich, ob sie das, was sie gerade tut, wirklich tun wollen würde, hätte sie nur noch ein Jahr zu leben. Irgendwann stellt sie fest, dass sie nie etwas wirklich tun wollen würde, und sagt sich, dass sie ihr Leben ändern muss. Aber dann stellt sie fest, dass sie schon alles geändert hat, den Job, die Wohnung, den Mann. Sogar die Socken hat sie nach diesem japanischen System sortiert wie alle anderen auch.

*

Eine Frau, die in einem fremden Land wandern geht. Irgendwann macht sie eine Pause in einer Gaststätte. Sie geht nicht hinein, sie setzt sich nach draußen, ein Mann macht ihr dort Platz, er hat gerade bezahlt. Die Frau trinkt etwas, wandert weiter. Später wartet sie auf den Zug, der sie zurück zu ihrer Unterkunft bringt. Am Bahnhof entdeckt sie den Mann von der Gaststätte, der ihr den Platz frei gemacht hat. Sie hebt die Hand zum Gruß, aber schon als sie es tut, weiß sie, dass sie einen Fehler macht. Der Mann kommt nun auf die Frau zu und redet in seiner

Sprache auf sie ein. Die Frau lächelt höflich und nickt vage und verabschiedet sich vorsichtig, immer wieder verabschiedet sie sich, aber der Mann redet weiter und läuft hinter ihr her, man kann sich an einem Bahnsteig nicht einfach verabschieden. Erst als der Zug einfährt, kann die Frau den Mann abschütteln. Als sie auf ihrem Platz sitzt, fällt ihr ein, wie man ihr als Kind beigebracht hat, niemals einen Fremden fortzuschicken, denn hinter jedem Fremden könnte Gott stecken. Daran denkt die Frau, und dann: Was, wenn Gott ein alter weißer Mann ist, der nur Liebe sucht? Und dann: Wäre sie keine Frau, könnte sie einen Fremden grüßen, ohne danach an Gott zu denken.

*

Eine Frau, die es jedes Mal bereut, wenn sie ihren Freundinnen von einem Mann erzählt. Sobald sie ausgesprochen hat, dass sie einen Mann kennengelernt hat, muss sie liefern, bei jedem Treffen nachlegen. Was gibt es Neues von X, wie läuft es mit Y, hat Z sich gemeldet? Und es ist immer das Gleiche.

Die Männer verschwinden schneller, als die Freundinnen XYZ sagen können, und wenn die Frau auf die Nachfragen ihrer Freundinnen antwortet, fühlt es sich an, als wäre es ihre Schuld. Dass sie keine bessere Geschichte erzählen kann.

Dass sich schon wieder einer einfach nicht mehr meldet.

*

Eine Frau, die mit einer Freundin verreist. Die Frau und die Freundin kennen einander lange, aber sie wohnen nicht mehr am selben Ort, und sie finden im Leben nicht mehr die gleichen Dinge wichtig. Die Frau könnte nie einen Film in deutscher Synchronfassung anschauen, die Freundin versteht nicht, wie man in einer Großstadt Fahrrad fahren kann.

Die Reise wird schöner, als beide erwartet haben.

Am zweiten Tag bestellen sie nach einem besonders netten Mittagessen noch Kaffee, sie haben sich gut unterhalten, fast wie früher. Der Kaffee kommt, die Freundin kramt in ihrer Handtasche. Sie versinkt kurz im Display ihres Telefons und legt es anschließend neben ihre Tasse. Die Frau hat angefangen, über etwas zu sprechen, das ihr am Herzen liegt, aber sie spürt, dass ihre Freundin nicht mehr bei der Sache ist. Als sie gerade mitten in einem entscheidenden Satz ist, greift die Freundin nach ihrem Telefon und sagt: Er hat schon zweimal geschrieben, ich hab das Bedürfnis, da jetzt zu antworten!

*

Eine Frau, die Spanisch studiert. Wie ihr Freund. Die Frau und ihr Freund studieren Spanisch, und weil sie Spanisch studieren, fahren sie einmal nach Madrid. Die Frau sitzt also mit ihrem Freund in einem Café in Madrid, als sie plötzlich begreift, dass ihr Freund fast nichts versteht.

Dass sie viel mehr versteht als er.

Dass sie alles versteht.

Die Frau begreift, dass sie auf Spanisch sagen kann, was sie sonst nie sagen würde. Weil es nicht ihre Sprache ist. Und weil ihr Freund kein Wort versteht, obwohl er die Sprache studiert so wie sie. Was studiert er denn?

Sie macht ein paarmal Schluss mit ihm, dann gehen sie etwas essen.

*

Eine Frau, die vor ihrem Fenster steht und hinaus in die Nacht schaut. Sie stellt sich die Stadt von oben vor. Sie zoomt heraus und sieht die Stadt im Weitwinkel. Sie sieht Wohnzimmer und Küchen, sie sieht Tresen und Tische, sie sieht Sessel mit übergeworfenen Schafsfellen und Fensterbänke voller Kakteen, sie sieht Frauen, die miteinander reden. Nebeneinander, voreinander, hintereinander, am Telefon.

Überall Frauen, die miteinander reden.

Erst über die Verliebtheit, dann über die Trennungen, manchmal über die Kinder oder über die Eltern, immer über die eigenen Neurosen und öfter noch über die der anderen. Die Frauen reden, reden, reden, und die Frau steht an ihrem Fenster und denkt: Können sie nicht einmal still sein?

Können sie sich nicht in die Badewanne legen und R.E.M. hören, »Everybody Hurts«? Oder, falls eine Kracht gut findet, »Sailing« von Rod Stewart? Könnte das nicht für diesen einen Abend reichen? Und dann schämt die Frau sich dafür, dass sie urteilt. Und dann ärgert sie sich darüber, dass sie sich dafür schämt, dass sie urteilt. Und dann denkt sie, dass alle anderen doch genauso zynisch sind, zynisch und alleine, und sie geht zu ihrem Schreibtisch und macht ein Fragezeichen hinter die Notiz zu Christian Kracht, weil das versteht vielleicht keiner, das müsste sie erklären, dass »Sailing« in *Faserland* erwähnt wird, und wenn man Dinge erklärt, verlieren sie ihren Zauber. Aber dass sie das Lied manchmal hört, wenn sie traurig ist, das müsste sie nicht erklären.

*

Eine Frau, die den Winter mag. Es ist eine alte Frau.

Die alte Frau steht im Winter jeden Morgen um sechs Uhr auf und macht Kniebeugen vor dem offenen Fenster. Anschließend kocht sie eine Kanne Kamillentee. Sie trinkt davon eine Tasse in ihrer Küche, das Licht schaltet sie nicht an, eine Kerze reicht, und die bläst sie aus, sobald die Tasse leer ist. Sie zieht ihren Mantel über und läuft eine Runde durchs Dorf, zwanzig Minuten, egal, bei welchem Wetter. Sie läuft ohne Gehhilfe, aber manchmal nimmt sie einen Regenschirm mit, und wenn keiner schaut, benutzt sie ihn als Stock. Wenn sie zurückkommt, wird es gerade hell, da füttert sie die Katzen, die Katzen wissen das schon. Danach isst die alte Frau zwei Scheiben Graubrot, eine mit Käse, eine mit Marmelade. Nach dem Frühstück schaltet sie das Radio an und trinkt den Rest Kamillentee, sie hört zu, bis der Kirchturm Mittag schlägt. Manchmal ist ihr die Laune der Moderatoren zu aufdringlich, nicht immer ist sie einverstanden mit der Musik, sie schaltet trotzdem nie ab, das gehört zum Leben.

Dass nicht immer alles so ist, wie man es gern hätte.

Sobald die Kirchturmglocken verstummt sind, geht sie wieder eine Runde, diesmal runter zum Fluss. Als sie zurück ist, ist es kurz vor eins, gleich kommt der Sohn mit dem Essen. Der Sohn holt es unter der Woche vom Metzger im Nachbardorf, samstags und sonntags bringt er, was seine Frau gekocht hat und zuhause keiner mehr will. Der Sohn isst nie mit. Aber die alte Frau freut sich, dass sie ihn jeden Tag sieht, das kann nicht jede Mutter in diesem Dorf von ihrem Sohn sagen.

Nach dem Essen legt sich die Frau eineinhalb Stunden auf das Sofa im Wohnzimmer, die Schutzdecke legt sie nicht beiseite, sie hat Sorge, dass sie dann länger liegen bleibt, als sie möchte. Sie stellt sich den Wecker aus dem Schlafzimmer, aber sie wacht jedes Mal auf, bevor er klingelt, und stellt den Alarm wieder aus. Es ist jetzt bald vier Uhr, die alte Frau kocht sich eine neue Tasse Tee, schwarz diesmal. Sie trinkt keinen Kaffee, hat sie nie, auch nicht, als ihr Mann gestorben ist und sie drei Monate lang nicht richtig wach wurde. Wenn die Tasse leer ist, macht die Frau ihren dritten Spaziergang, den letzten für diesen Tag, der Tag verabschiedet sich ja auch schon, es dämmert. Auf der Runde im Dorf sieht sie vielleicht jemanden, vielleicht nicht, sie grüßt nur, bleibt nie stehen, sie begreift nicht, was es auf dem Bordstein zu reden gibt. Wer reden will, soll sie in ein Esszimmer auf ein Stück Kuchen einladen. Kuchen isst die alte Frau sehr gern, aber nur sonntags.

Zurück zuhause stellt sie den Katzen etwas vor die Tür, für die Nacht, die Katzen holen es sich, wann sie wollen, ganz selten ist am Morgen etwas übrig. Die alte Frau setzt sich in ihre Küche zum Abendbrot. Dafür kocht sie eine weitere Tasse Tee, diesmal Pfefferminze, davon kann sie gut schlafen. In den Tee taucht sie drei Zwieback, manchmal vier. Danach bricht sie ein Rippchen von der Zartbitterschokolade ab, die sie in dem Kästchen hinter dem Esstisch aufbewahrt. Das ist das Beste am Tag, an jedem Tag. Wie die Schokolade auf ihrer Zunge schmilzt, der Zucker in die Nerven kriecht. Sie isst nie mehr als ein Rippchen, nie.

Säßen wir mit ihr an ihrem Esstisch, dann würde sie jetzt vielleicht aufblicken und einen von uns anlächeln und sagen: Ich mach immer alles ganz genau. Deswegen bin ich so glücklich, wissen Sie?

# 8

Jetzt, wo die Katzen nichts mehr von mir wissen wollten, versuchte ich sie manchmal zu streicheln. Wenn ich mich hinkniete, kam allerdings nur die Hinkende und ließ sich kurz am Kopf kraulen. Auch die anderen waren schmal, aber die Hinkende wirkte beinahe ausgehöhlt. Die Amerikanerin konnte diese Katzen füttern, so viel sie wollte, es kam wohl alles zu schnell wieder raus.

Paolo hatte erzählt, dass sie wie ich bis Weihnachten bleiben wollte. Vielleicht würde sie die Katzen zu einem Arzt bringen oder etwas gegen den Durchfall besorgen. Mir war das gleich, ich war erleichtert, dass die Erstbesten endlich weg waren und ich oben wieder allein wohnte. Gestört wurde meine Ruhe nur noch von dem Nachbarn am Hang gegenüber. Jeden zweiten Tag brüllte er herum und steckte damit seinen nervösen Hund an, der sein Leben in einer Hütte neben dem Haus fristen musste. Ich sah von dem Nachbarn immer nur sein rotes T-Shirt, wenn er aus seinem Jeep stieg oder in ihm davonfuhr. Er schien nur das rote zu besitzen. Manchmal dachte ich, vielleicht würde sich in seinem Leben alles ändern, wenn er einmal Blau trüge oder Grün, und dann lachte ich in meinem Kopf, so weit war es gekommen.

Ich unterhielt mich in meinem Kopf auch öfter mit meiner Schwester, hatte mich aber noch nicht aufraffen können, sie anzurufen. Stattdessen verging der Oktober in Griechenland, und irgendwann war es Mitte November. Unten im Dorf passierte weniger, als ich mir erhoffte, auch wenn ich gar nicht wusste, was. Ich trank dort weiterhin jeden Vormittag einen Espresso in demselben Strandcafé, wo man mich akzeptierte, aber noch nicht integriert hatte. Wie auch, jeder sah mir an, dass ich kein Wort Griechisch konnte. Die anderen Stammgäste waren Männer, die Karten spielten. Einmal fragte ich den Kellner, der am besten Englisch sprach, ob es stimme, dass auf der Insel alle eine Waffe besäßen. Er fragte zweimal nach, weil er mich nicht gleich verstand. Schließlich zuckte er mit den Schultern und antwortete, früher sei mehr geschossen worden.

Er fragte, wo ich wohnte, und ich erzählte von Paolo.

Ah, Paolo, sagte er nur.

Er fragte, wo ich wirklich wohnte, und ich sagte Berlin.

Ah, Berlin, sagte er, aber diesmal nickte er dazu, als hätte er etwas verstanden. Dass ich aus dem Land kam, in dem er und seine Landsleute wochenlang *Pleitegriechen* genannt wurden?

Ich ergänzte I don't like it, und er antwortete, er sei nie dort gewesen. Es klang nicht so, als wollte er jemals hin. Er war sehr jung, vielleicht zwanzig, vielleicht zweiundzwanzig. Seit unserem kurzen Gespräch stellte er mir manchmal einen Ouzo zum Kaffee, den er nicht berechnete.

Daraus schloss ich, dass er nicht alle Deutschen hasste.

Unsere Mutter mochte unseren Vater immer ein bisschen lieber als meine Schwester und mich. Ich kann mich nicht erinnern, dass sie sich mal zu uns auf den Boden gesetzt und mitgespielt hätte, aber ich sehe sie, wie sie vor dem Spiegel steht: den Kopf in den Nacken gelegt, den Mund minimal geöffnet, die Wangen hohl, in der Hand die Wimperntusche. Eine Pose, die mich lange faszinierte.

Ständig schminkte unsere Mutter sich die Augen, auch wenn sie längst getuscht waren. Farbe legte sie den ganzen Tag über nach, manchmal direkt nachdem unser Vater angerufen hatte, um zu sagen, er sei gleich da. Er arbeitete bei einer Bank am Rathaus, kam jeden Abend zur gleichen Zeit nachhause, kündigte sich aber trotzdem an. Irgendwann rief er nicht mehr an, da hatten meine Schwester und ich schon lange aufgegeben, noch etwas von unseren Eltern zu wollen. Er kam auch immer später. Getrennt sind die beiden bis heute nicht.

Als wir klein waren, empfingen sie jedes Wochenende Gäste, Frauen mit Schulterpostern, Männer mit akkuraten Haarschnitten, Paare, die Flaschen mitbrachten und zu den Flaschen unserer Eltern stellten. Sie zogen an ihren Zigaretten und spielten Monopoly, sie warfen die Würfel erst über den Tisch und dann durch den Raum. Noch am nächsten Morgen war das ganze Wohnzimmer verraucht, und unter den Heizkörpern lagen verstaubte Würfel. Wenn ich an unsere Eltern früher denke, sehe ich sie mit anderen Erwachsenen am Tisch sitzen und laut lachen. Und auch wenn niemand zu Besuch kam, schickte unsere Mutter meine Schwester und mich aufs Zimmer und sagte: Eure Eltern brauchen heute Abend mal ein bisschen Zeit füreinander!

Unsere Mutter arbeitete nicht, aber sie schien von morgens bis abends beschäftigt, keine Ahnung, womit. Sie war nicht lieblos, sie küsste und drückte uns, sie kochte, was wir wollten, und sie schenkte uns, was wir in unserer Kinderhandschrift verlangten. Wir machten auch Ausflüge, kegelten unter den Augen von James Dean und Marilyn Monroe und Elvis, Gesichter, die sich mir einprägten, noch bevor ich wusste, wer die Menschen dazu waren. Wir fuhren zur Kirmes, wir spielten Billard. An all diesen Orten hingen die Gesichter amerikanischer Stars, aufgesprüht oder eingerahmt. Von Charlie Chaplin bekam ich Albträume, ein fieser Clown, der mich in der Nacht holen würde. Meine Schwester lachte und tröstete mich. Dass ich meine Schwester hatte, dass wir einander hatten, es war unsere Rettung.

Wenn unsere Mutter mit uns alleine war, wurde ich das Gefühl nie los, dass sie lieber woanders gewesen wäre. Dass sie verrückt nach unserem Vater war, leuchtete mir nicht ein. Für mich war er ein Kauz mit Schnurrbart und eckigen Hemden. Er hatte natürlich keine eckigen Hemden, es gibt keine eckigen Hemden, aber damals wusste ich es nicht besser.

Doch, alles an ihm war eckig. Einmal saß ich mit ihm auf dem Sofa, wo er die Nachrichten schaute, als meine Schwester ins Wohnzimmer kam und von der Schule erzählte, von einer Eins, im Sport oder im Handarbeiten oder im Musikunterricht, in irgendeinem Fach, das nicht so wichtig war. Sie berichtete, unser Vater lobte, sie setzte sich neben ihn, er wandte sich wieder dem Fernseher zu. Und während er das tat, fasste er an ihren Kopf, abwesend. Ein *Toll gemacht!* sollte es sein, aber ich dachte: Er tätschelt sie wie einen Hund.

Katja und ich haben nie über das Essen gesprochen, und das, obwohl wir am nächsten Tag zusammen nach Italien geflogen waren. Noch in der Graefestraße hatte sie mich entwaffnet. Sie drückte mich an sich, als ich aus dem Haus kam, behauptete, unser Urlaub sei das Beste, was ihr in diesem Sommer passieren könne. Sie gestand sogar, dass sie darauf seit Jahren gehofft habe, sich aber nie getraut hätte, selber zu fragen. Wir liefen zur U-Bahn, als sie sagte: Es wirkte eben immer so, als wäre Italien deine Sache!

Als sie sich erkundigte, was aus der Autorin mit dem Nervenzusammenbruch geworden war, hakte ich das Essen endgültig ab und berichtete, was ich wusste.

Es war nicht viel.

Ein paar Monate war es her, dass ich auf den eingefrorenen Fuchs im Landwehrkanal gestoßen war. Ein, zwei Wochen später, es hatte noch immer Temperaturen um den Gefrierpunkt, fehlte die deutsch-belgische Schriftstellerin drei Abende hintereinander beim Abendessen in der Villa. Die Künstler konnten während ihres Stipendiums zwar tun, was sie wollten, aber es wurde erwartet, dass sie an den Abendessen teilnahmen. Allein schon weil wir Leute dafür bezahlten, einzukaufen und zu kochen.

Die Schriftstellerin hatte an einem Freitag das erste Mal gefehlt. Am Montag informierte mich eine

Frau vom Küchenpersonal, auch ein Stipendiat hatte bereits geschrieben, er mache sich Sorgen. Ich ging mit dem Zweitschlüssel in ihr Studio, fürchtete, sie reglos oder verblutet oder in ihrem Erbrochenen zu finden, was man sich eben ausmalt. Aber die Wohnung war leer, das Bett gemacht, das Bad ordentlich, und die Küche sah aus, als wäre sie noch nie benutzt worden. Angerufen hatten wir die Frau natürlich auch, am Wochenende schon, aber ihr Telefon war ausgeschaltet. Wir hatten so einen Fall noch nie gehabt. Es kam vor, dass ein Bewohner sich in einem Drogenwochenende verlor und so verkatert war, dass er danach drei Tage durchschlafen musste. Einige waren auch schon frühmorgens mit dem Taxi aus der Stadt gekommen, um sich noch im Garten unseres Anwesens zu übergeben, aber das waren Ausnahmen, und es war immer harmlos gewesen. Dass die Belgierin sich nicht im Berghain verirrt hatte, wusste ich instinktiv, auch wenn es das Erste war, an das unser Chef dachte. Er wollte die Krankenhäuser abtelefonieren, ich sollte es bei der Polizei versuchen. Ich war sicher, dass wir nie herausfinden würden, was passiert war, noch bevor wir anfingen zu suchen. Aber die erste Polizistin, die ich erwischte, erklärte, ein Jäger habe am frühen Sonntagmorgen eine junge Frau barfuß im Grunewald gefunden, deren Personalien nicht hätten geklärt werden können und die nun in der Charité versorgt werde. Bei mir blieb vor allem dieses eine Wort hängen, es sorgte für die Bilder, die ich mir bis heute ausmale: *barfuß*.

Im Februar.

Ich schickte der Polizistin eine Kopie des Passes, die ich bei der Ankunft der Autorin gemacht hatte, keine zehn Minuten später rief sie zurück, und damit waren wir raus. Die Polizei wollte die Angehörigen der Frau verständigen, wir sollten uns bereithalten, falls jemand Fragen hätte, die Eltern oder die Ermittler. Im Zimmer der Frau sollten wir vorerst alles lassen, wie es war, bitte nichts anfassen!

Eine Woche lang meldete sich niemand, dann quetschte ich aus einem übel gelaunten Polizeibeamten heraus, dass die Autorin nach Antwerpen in eine Psychiatrie gebracht worden sei, mehr wisse er auch nicht. Später kam noch ein ähnlich muffiger Kollege und überprüfte das Studio. Er fertigte ein Protokoll an, in dem nichts stand, er schrieb es, um es zu schreiben, ich musste es gegenzeichnen. Als er gegangen war, öffnete ich trotzdem noch einmal jeden Schrank und jede Tür, als hätten die Antworten sich vor dem Polizisten versteckt. Im Kühlschrank lag das Manuskript. Es war nur ein Fragment, kein richtiges Manuskript.

Jeder Absatz begann mit: *Eine Frau, die.*

Über ihren belgischen Verlag versuchte ich die Adresse der Schriftstellerin zu bekommen, damit wir ihr ihre Sachen nachschicken konnten, aber ihr Lektor bat darum, das Paket an das Verlagshaus in Brüssel zu adressieren.

Das tat ich, nur das Manuskript legte ich nicht bei. Stattdessen googelte ich die Autorin jeden Morgen, fand aber nur heraus, dass ihre Mutter Deutsche war und ihr Vater Belgier, dass sie aus Antwerpen kam, in Hamburg Germanistik studiert hatte.

Ich erzählte Katja davon, und wir überlegten, was passieren musste, dass jemand bei Minusgraden ohne Schuhe und Socken im Grunewald endete. Ich stellte mir die Schriftstellerin in einem weißen Nachthemd vor, in das sie ihr blondes Haar gesteckt hatte, ich sah sie mit ihren Eisaugen im Wald ausharren wie einen urzeitlichen Vogel. Ich war sicher, dass sie das alles nur wegen dieser Augen überstanden hatte. Es war ein schlechter Horrorfilm, der da in meinem Kopf ablief, ein einfallsloser.

Von dem Manuskript hatte ich Katja nichts erzählt, ich erwähnte es auch auf unserer Fahrt zum Flughafen nicht. Ich berichtete nur, dass es sich anfühlte, als wäre die Frau aus der Welt verschwunden, dass ich nirgends Antworten bekommen hatte. Der belgische Verlag hatte auf meine letzte Nachfrage nach ihrem Befinden nicht mehr zurückgeschrieben. Und ihr deutscher Lektor hatte erklärt, dass er vor einem Jahr zuletzt mit ihr gesprochen habe. Er hatte nicht mal gewusst, dass sie zu uns eingeladen worden war.

Ich wollte Katja nichts von dem Manuskript erzählen. Es gehörte mir. Es fühlte sich an, als wäre es das Einzige, das wirklich mir gehörte. Als wären die Worte einer fremden Frau das Einzige, auf das ich mich verlassen konnte.

Ich erwähnte Katja gegenüber auch nicht, dass ich der Frau mehrere E-Mails geschrieben hatte, kleine, schnelle Nachrichten, um sie zu fragen, wie es ihr gehe und ob sie mir nicht ein Lebenszeichen schicken könne.

Ich hatte jedes Mal dieselbe Antwort bekommen.

*Hi, I'm currently working on a new project in Berlin and will be offline for a while.*

An einem Sonntag Ende November war ich zu faul, in das Strandcafé hinunterzugehen, und besuchte Paolo. Der Tisch vor seiner Wohnung war gedeckt, Baguette, Oliven, Rührei, Tomaten, der alte Espressokocher. Paolo fand ich im Stall bei Arabella, die er gerade melkte. Beide sahen unzufrieden aus.

Tania is better with her, erklärte er, ohne mich zu begrüßen, maybe because she is a woman.

Was machte er eigentlich mit der Eselsmilch? Trinken?!

No. Tania will make soap from it.

Damit füllte er den Inhalt des Eimers in eine Flasche ab, die er in den Kühlschrank stellte. Er wusch sich die Hände und fragte, ob ich mit ihm frühstücken wolle, er schaffe sowieso nicht alles. Ich setzte mich und fragte nach Tania.

She's in the city, antwortete Paolo, während er zusätzliches Geschirr brachte.

Ich hatte Tania seit meiner Ankunft nicht mehr gesehen. Ich hörte sie auch nie. Sie putzte doch.

But she lives here?

Yes, yes. Most of the time.

Paolo deutete hinter sich. Neben Arabellas Stall lag ein kleines Studio, das mir bislang gar nicht aufgefallen war.

I never hear her, sagte ich.

She's a quiet woman, sagte Paolo.

Er sah mich an.

Like you. I never hear you, too!

Ich antwortete, dass wir dafür alle den wütenden Nachbarn hörten und dass ich mir Sorgen um seine Frau mache.

Which wife, lachte Paolo, his wife left two years ago!

But who is he shouting at?

His son.

Er machte eine wegwerfende Handbewegung. Irgendwie beruhigte mich, dass der Mann nicht seine Frau bedrohte. Paolos Geste wirkte fast, als hätte der Sohn es verdient. Oder als wäre ohnehin alles egal.

He's not a bad guy, sagte Paolo, just nervous.

Wir aßen schweigend.

So, fragte ich nach einer Weile, how do you give all these cooking classes with that tiny stove?

Paolo runzelte die Stirn.

The Greek Sicilian cooking classes, sagte ich.

Ah, antwortete er, with a Greek friend, down in town, in a real kitchen. We only do it in the summer.

And what happened to the rooster? Why did you kill him?

Nun sah er aus, als hätte ich ihm ein Kompliment gemacht.

You really want to know?

Am Ende dachte er noch, ich flirtete mit ihm.

Yes, sagte ich.

Paolo nickte, und ich stellte mir vor, wie er die Ärmel hochkrempelte. Innerlich jedenfalls.

Ungefähr vor zwei Jahren sei seine Ex-Freundin auf die Idee gekommen, dass es gut wäre, den Gästen *organic eggs* anzubieten, also hätten sie sich vier Hühner zugelegt. Als sie die in einem Nachbardorf holten, gab man ihnen zwei Hähne dazu. Die legten zwar keine Eier, passten aber gut in einen gusseisernen Topf. Fand Paolo, Carlotta fand das nicht.

Die Hähne blieben im Garten bei den Hühnern. Das Problem war, dass der eine Hahn nicht gegen fünf Uhr morgens anfing zu schreien, sondern um ein Uhr nach Mitternacht. Die Gäste beschwerten sich, ein Paar zog deswegen aus. Und eine junge Mutter, die mit ihrem sechs Monate alten Baby gekommen war, weinte beim Frühstück, weil sie nun gar niemand mehr schlafen ließ, ihr Kind nicht, Paolos Hahn aber auch nicht.

So one night when he started again, I went into the garden and cut his throat. I didn't tell Carlotta, I told her an animal took him. She didn't ask. I think she knew.

In der folgenden Nacht ging das Geschrei wieder um ein Uhr los, und Paolo wurde klar, dass er den falschen Hahn erwischt hatte.

I told myself: You can't kill two roosters in twenty-four hours!

Also steckte er den Hahn in den Kofferraum seines Geländewagens, damit die Gäste den Rest der Nacht Ruhe hatten. Am Morgen brachte er den Hahn runter zum Schäfer.

And he got killed, too?

Paolo antwortete nicht.

The shepherd *killed* him?

I told you, antwortete er, I never saw that rooster again. The shepherd has guests, too!

Und all diese Gäste hielten es offenbar nicht mehr aus, dass es Tiere gab, die ihre Tiergeräusche machten.

I know, sagte Paolo, it's insane. And it's all fake.

Ständig werde seine Unterkunft auf irgendwelchen Instagram-Accounts empfohlen, ständig kämen die gleichen Leute, Schriftsteller, Grafiker, Musiker, Regisseure, Fotografen, irgendwelche Leute, die an irgendwelchen Projekten arbeiten wollten. Immer wollten sie ihre Ruhe haben und *organic food* essen, aber *organic*, was bedeute das schon, im Grunde sei doch die ganze Welt *organic*.

War die Amerikanerin etwa auch Künstlerin? Die Erstbesten waren ja wohl kaum Schriftsteller gewesen.

Next week there comes another one, sagte Paolo missmutig.

Who comes?

A photographer. From New York. All these idiots from New York.

Damit war unser Gespräch beendet, ich kannte das schon. Nach seinen Monologen erinnerte er mich immer an einen kleinen Jungen, der dringend seinen Mittagsschlaf brauchte.

Will he live next to me?, fragte ich.

Paolo sah mich müde an, antwortete aber nicht.

Also ja. Aber es störte mich nicht einmal. Die Erstbesten hatten mich abgehärtet.

Als ich zurück in meine Wohnung kam, pisste die hinkende Katze gerade auf die Holzdielen in der Küche. Ich hatte vergessen, die Tür zur Terrasse zu schließen. Dass es die Hinkende war, sah ich erst, als sie fertig war und sich auf den Weg ins Schlafzimmer machen wollte.

Ich machte einen Bogen um die Lache, folgte dem Kätzchen, packte es und setzte es nach draußen. Es war so leicht, dass ich nicht verstand, wie es lebendig sein konnte.

Während ich putzte, überlegte ich, wie viel Katzenurin dieser Holzboden schon aufgesogen hatte, und die Schrubberei erschien mir sinnlos. Und ich wunderte mich, dass ich in all den Wochen nicht draufgekommen war.

In meiner Küche stank es nach Pisse.

Wieso hatte ich den Geruch nicht gleich erkannt?

Katja in Italien – es war ein Spektakel. Nicht weil sie aussah, wie sie aussah, das auch. Erst einmal aber sicherte sie sich die Aufmerksamkeit des halben sizilianischen Bergdorfes, indem sie unseren Mietwagen auf dem letzten freien Parkplatz der schmalen Straße parkte, in der unsere Partnerresidenz lag. Sie parkte rückwärts ein. Von links!

Es war eher ein Fleck als ein Parkplatz. Um ihn zu erreichen, hatte sie uns hupend und im Schritttempo und bei offenem Fenster winkend durch eine Hochzeitsgesellschaft manövriert, die sich auf der Straße vor einer Gaststätte verteilt hatte. Katja brauchte fast fünfzehn Minuten, um den Wagen in die Lücke zu quetschen. Als wir endlich ausstiegen, glühte mein Gesicht, und die Italiener, die Katja zunächst lautstark von ihrem unmöglichen Vorhaben abgeraten, dann aber mitgefiebert hatten, umringten uns und riefen: *Brava! Che bello! Brava!* Nun mussten wir natürlich mitfeiern, und als wir endlich nach nebenan in die Residenz gingen, war es schon fast Mitternacht.

Am nächsten Morgen ging die Katja-Show weiter. Verkatert wie wir waren, stolperte sie im Speisesaal und riss einen ganzen Tisch mit sich, darauf standen die Frühstücksflocken. Katja hockte auf dem Boden, Rosinen im Haar und Cornflakes im Schoß. Sie lachte, als die Angestellten zu ihr eilten. Und irgendwann lachten alle. Katja lachte den Sturz einfach weg, rief *Scusi!* und *Scusa!*, die einzigen Wörter, die sie neben *Ciao* und *Grazie* kannte. Sie war kein Weltwunder, es gab auch Dinge, die sie nicht konnte.

Am zweiten Abend fuhren wir in die Stadt, aßen in einer ruhigen Trattoria neben dem Dom von Palermo. Dort vertraute sie mir an, warum sie sich nach der Hochzeit so zurückgezogen hatte und kaum noch hatte ausgehen wollen. Sie berichtete von Gustavs Depressionen, die ihn seit Jahren heimsuchten, mal kürzer, mal länger. Er habe bald nach dem Kennenlernen davon erzählt, aber in einer Zeit, in der es ihm gut gegangen sei. In einer Zeit, in der er ihr jeden Morgen nach dem Joggen ein Foto vom Zürichsee geschickt habe.

Das Tief kam bald nach der Trauung, sagte Katja, er wollte nicht mal mehr kochen. Aber es heiße doch immer, in guten wie in schlechten Zeiten, und sie habe sich gesagt, dann fange es bei ihnen eben mit den schlechten an.

Ich dachte daran, wie Gustav sich damals im Würgeengel zu uns gesetzt hatte und so warm und lustig gewesen war.

Ich war überfordert, sagte Katja, am Anfang. Ich hab viel über die Krankheit gelesen, vielleicht zu viel. Sie habe in dieser Zeit nichts mit Berlin anfangen können, den Bars und dem Trinken und dem Reden über die Bars und das Trinken und dem Gebalze dazwischen. Dass sie Gebalze sagte, gefiel mir.

Ich war glücklich. Glücklich, weil sie sich öffnete, ich kannte das nicht. Aber noch während ich mich neu einrichtete in diesem geschützten Raum, den ich für unsere Freundschaft hielt, rüttelte Katja schon wieder an allem.

Und außerdem warst du so desperate!

Das war Katja, wie ich sie kannte.

Desperate?, fragte ich schwach.

Immer sei es um Männer gegangen. Männer, die sich nicht mehr meldeten oder sowieso noch nie gemeldet hatten, Männer, die sich aber bitte unbedingt melden sollten, Männer, die – nur Männer, schimpfte sie, als dürfte sie endlich alles loswerden.

Und dann dieser eine, der dich beim Abschied gefragt hat, ob du einen Kühlschrank in deiner Wohnung hast und was in deinem Kühlschrank drin ist, rief sie. Wieso bist du denn da nicht gleich schreiend davongelaufen? Wieso haben wir wirklich noch einen Abend damit verbracht, zu analysieren, ob der Typ nur gestört war oder richtig gestört? Ob du ihn weiter treffen sollst, ob er dich umbringen könnte oder nicht?

Ich erinnerte mich vage. Ein kleiner Spanier, der unbedingt hatte mit hochkommen wollen und es mit dem Kühlschrank versuchte. Es war wohl die nerdige Version von: *Wollen wir noch einen Film schauen?*

Und ich hatte sogar erst überlegt, ob er Hunger hatte.

Katjas kleine Tirade, eigentlich war sie faszinierend. Sie sagte mir ihre Meinung mit einer solchen Selbstverständlichkeit, dass es mir fast schon vorkam, als würde sie über eine andere Frau sprechen, nicht über mich. Da war nicht das geringste Zögern, nicht die geringste Beschwichtigung, aber auch kein schlimm verrutschtes Wort. Absolute Klarheit verbunden mit der Aussage, dass sie mich beinahe ein Jahr lang nicht ertragen hatte. Das musste man erst einmal hinkriegen, und sie kriegte es sogar so gut hin, dass wir nicht stritten, sondern weiterzogen.

Wir bezahlten und liefen Richtung Meer, bis wir in das Viertel abbogen, wo ich Katja meine Lieblingsbar zeigte. Es war eher ein Café als eine Bar, aber bis vier Uhr morgens geöffnet. Es gab dort den besten Limoncello der Stadt und keine Touristen, nur schimpfende Männer. Alle rauchten. Über dem Eingang hing ein Bildschirm, darauf ein Fußballspiel, lautlos. Wir setzten uns an den Tresen. Ich weiß nicht mehr, worüber wir sprachen, aber ich spürte die Hoffnung, die bei den Männern um uns herum aufkeimte, vielleicht war da was zu holen, doch, man könnte es versuchen.

Katja sah keinen an, als sie zur Toilette ging.

Zurück auf ihrem Barhocker sagte sie zu mir: Ich freu mich schon auf die Zeit, wenn ich fünfzig bin. Wenn ich endlich unsichtbar werde.

Sie lachte.

Und ich musste wieder daran denken, dass Menschen ihre Ängste und ihre Wünsche im Scherz verstecken.

In dem Fall war es Angst.

Meine Schwester und ich wurden älter, und bei uns zuhause wurde es leiser: keine Gäste mehr, kaum noch Ausflüge. Unsere Mutter zog sich in sich selbst zurück. Das Seltsame daran war, dass sie mit jedem Tag schöner wurde. Kein Gramm Fett, hochgewachsen, ihr Gesicht gehörte in ein anderes Jahrhundert. Sie sah so viel besser aus als meine Schwester und ich, wir schlugen nach unserem Vater. Meine Schwester bekam sein strohiges Haar, ich seine kurzen Beine. Wir konnten nicht glauben, dass unsere Mutter unsere Mutter sein sollte. Und natürlich war sie es doch.

Was uns verband, war die Stille. Meine Schwester und ich lasen oder badeten oder malten, wenn wir nicht gerade lernten, und unsere Mutter verschwand stundenlang im Garten. Wir aßen selten zusammen. Wenn wir doch einmal alle am Tisch saßen und ich bemerkte, dass unsere Mutter meine Schwester und mich ansah, hörte ich sie denken, obwohl sie nichts sagte. Ich hörte sie denken, und sie dachte: Ihr seid schuld.

Als ich meine Abiturprüfungen hinter mir hatte, fragte ich meine Mutter, ob wir zusammen essen gehen wollten, mal wieder in die Innenstadt fahren und zusammen essen gehen. Ich war überrascht, als sie einwilligte. Ich hatte meine Noten noch nicht, aber ein gutes Gefühl. Meine Schwester, drei Jahre älter, war schon ausgezogen, steckte in ihrer Ausbildung zur Kindergärtnerin. Ich dagegen hatte mir in den Kopf gesetzt, zu studieren, nur wusste ich nicht, welches Fach zu mir passte. Was für ein Leben ich leben wollte. Wer ich sein wollte. Jura, Psychologie, Medizin – ich konnte mir alles vorstellen. Diese Fächer klangen halt gut.

Ich weihte meine Mutter ein, hatte mir wohl eine Art Rat erhofft oder zumindest eine Meinung, auch wenn ich sie nie direkt danach gefragt hätte. Ich hatte eine so unangemessen gute Laune beim Gedanken an meine Zukunft, dass ich meine übliche Vorsicht ihr gegenüber fahren ließ.

Ich hatte lange geredet und nicht auf den Gesichtsausdruck meiner Mutter geachtet. Sie hatte geschwiegen, zweimal ihr Besteck beiseitegelegt. Irgendwann unterbrach sie mich und sagte müde: Iris.

Und ich: Ja?

Und meine Mutter: Warum erzählst du mir das alles?

# 9

Wenn ich träume, weiß ich oft, dass ich träume.

Es passiert häufiger beim Mittagsschlaf als in der Nacht. Ich versinke dann in diesem Schlaf, und je schwerer er ist, desto mächtiger bin ich darin. Denn ich bin mir vollkommen bewusst, dass ich träume, und ich bestimme.

Ich bestimme in diesen Träumen, was für eine Frau ich bin und was für einen Körper ich habe und was für ein Mann zu mir kommt und was er mit mir tut. Er tut alles, was in der Realität keiner mit mir tut, und diese Vorstellung treibe ich so weit, bis ich komme. Ich komme in diesen schweren Mittagsschlaf hinein, aber dann finde ich nicht wieder heraus.

Ich weiß zwar immer noch, dass ich träume, dass ich fort bin, aber ich will zurück, ich will wach werden. Also schließe ich die Augen, mein Traum-Ich schließt die Augen und sagt sich, wenn es die Augen wieder öffnet, ist es wieder Ich, mein echtes Ich, das aus der Realität. Aber das funktioniert nie sofort, es braucht immer mehrere Anläufe, Augen zu, Augen auf, bis ich plötzlich hochfahre, erschrocken und erschöpft – eine, die aus einer dunklen Welt in die richtige geschmissen wird. Aber die Orgasmen sind alle echt, und niemals spielte Simon eine Rolle in diesen Träumen.

Am Tag nach unserer Aussprache in Palermo schnappte ich mir Katja nach dem Mittagessen. Wir waren verkatert und fuhren wieder in die Stadt. An diesem Nachmittag gingen wir in das Café mit den roten Polstersitzen und den alten Marmortischen und den hektischen Kellnern, und dort erzählte ich ihr endlich, wie mich die Beziehung mit Simon auslaugte. Ich äußerte den Verdacht, er könne autistisch sein. Oder sadistisch. Katja hörte sich alles geduldig an, aber als ich fertig war, sagte sie nur: Nimm dir doch einen Lover, das hilft!

So absurd ihr Ratschlag klang und sosehr er mich vor den Kopf stieß, so wenig konnte ich ihn vergessen.

An Katjas letztem Abend – ich blieb wegen der Arbeit eine Woche länger – gab ich einem Kellner meine Nummer. Er arbeitete in der Gaststätte neben unserer Anlage, in der wir nach Katjas Parkmanöver die Hochzeit mitgefeiert hatten. Ich drückte ihm einen Zettel in die Hand, ich fand das angemessen altmodisch. Es war mir auch egal, dass er sich nicht ausschließlich um mich bemüht hatte, das würde nie passieren, wenn Katja mit am Tisch saß. Der Kellner hatte etwas Sorgloses, das mir gefiel, eine Leichtigkeit, die ich selber gerne gehabt hätte. Ich suchte ja keine Gefühle, ich suchte etwas, das nichts bedeutete.

Er hieß Andrea.

Katja sagte: Der meldet sich so was von.

Er schrieb am übernächsten Tag.

Andrea lebte unten in der Stadt, schlug aber vor, dass wir uns nach seiner Schicht trafen. *Alle sette,* schrieb er, um neunzehn Uhr. Ich ging eine Viertelstunde zu spät rüber, sicher, dass ich trotzdem auf ihn warten müsste. Aber Andrea stand vor dem Eingang der Gaststätte und rauchte. Als er mich sah, drückte er seine Zigarette aus, kam auf mich zu und umarmte mich so herzlich, dass ich dachte: Vielleicht ist es das, was mir in Berlin immer fehlt.

Nahbarkeit.

Er fragte, wie viel Zeit ich hätte, und weil es stimmte, sagte ich: *tutta la notte*, die ganze Nacht. In einer fremden Sprache kann man leichter eine andere Version von sich selbst spielen. Wir nahmen den Bus in die Stadt, das verlieh Andrea etwas Seriöses, mit dem ich nicht gerechnet hatte. Ich fürchtete, ihn vielleicht doch ernst nehmen zu müssen. Beim Aussteigen fielen mir die Sommersprossen in seinem Nacken auf. Sein Haar war tiefschwarz, aber seine Haut einen Tick heller als meine. Etwas daran rührte mich.

Andrea brachte mich in ein helles Viertel am Meer, dessen Zentrum ein großer Platz war, um den herum ein Restaurant, ein paar Cafés und zwei Bars lagen. Dort aßen und tranken wir, saßen nebeneinander, sahen dem Treiben zu. Irgendwann rückte Andrea näher und küsste mich: auf die Backe. Er machte das mit Schwung. Wie ein kleiner Junge, mit Anlauf.

Dieser Kuss war ein Fragezeichen.

Ich antwortete, dass er mich auch richtig küssen dürfe. Das ließ er sich nicht zweimal sagen, er ließ sich gar nichts zweimal sagen. Ich dachte in dieser Nacht nicht an Simon, ich dachte nur einmal an Katja.

Wie wir einander irgendwann an einem Tresen gestanden hatten, wie wenig wir mit der Freude anfangen konnten, die so viele Männer an unseren Brüsten hatten. Dass es uns einfach nichts gab. Das mit den Brüsten, hatte Katja gesagt, das mit den Brüsten, das machen sie für sich, nicht für uns.

Vielleicht war die beste Phase in der Beziehung mit Simon die letzte, die, nachdem ich mich vollkommen über ihn erhoben hatte. Seine Launen verletzten mich nicht mehr, ich fürchtete sie auch nicht, ich fand sie am Ende fast amüsant.

Die Sache mit Andrea trug mich durch den Herbst, durch den Winter, es wurde Frühling. Und in jenem Frühling war ich immer noch die Freundin von Simon, während ich es andererseits schon lange nicht mehr war. Manchmal fragte ich mich, ob er dachte, wir wären kein Paar mehr, und ich den Schritt nur verpasst hatte. Sex? Undenkbar.

Und trotzdem sah er es als gegeben an, dass ich ihn begleiten würde.

Klagenfurt, sagte er an einem Abend im Mai noch in der Tür, noch bevor er mich reinließ, und wie immer wenn seine gute Laune durchschaubar war, fand ich ihn peinlich.

Klagenfurt?, fragte ich, obwohl ich wusste, was er meinte.

Bachmann, antwortete Simon, als hätte er schon gewonnen.

Sein Agent hatte das Zweihundert-Seiten-Manuskript auf eine Erzählung von fünfzig Seiten eingedampft und dann nochmal auf zwanzig. Er hatte Simon erst geraten und dann befohlen, es als Satire anzulegen, und von den Gothic-Elementen wollte er auch nichts wissen. Der Text hieß jetzt *Adel auf dem Radl* und war von Simons Agent als *autofiktionaler Schelmenstreich* bei einem besonders wählerischen Jurymitglied beworben worden. Mit Erfolg. Der Mann hatte Simon zum Bachmannwettbewerb eingeladen, einem Wettbewerb, bei dem man nur auf Empfehlung dabei sein konnte, einem Wettbewerb, bei dem die Teilnehmer ihre Texte live im Fernsehen vortrugen und direkt im Anschluss von Kritikern bewertet wurden.

Und das gab es wirklich, eine Aktion namens *Adel auf dem Radl*, bei der sich die Mitglieder verarmter Adelsgeschlechter einmal im Jahr zu einer Fahrradtour trafen. Offiziell, um sich kennenzulernen, inoffiziell, um diejenigen Familienmitglieder unterzubringen, die bislang keiner haben wollte.

Mir war der Wettbewerb vollkommen egal, ich würde mir eben Ingeborg Bachmanns Heimatstadt ansehen.

Simon und ich trennten uns am Klagenfurter Bahnhof. Er war zu einer Besprechung beim Österreichischen Rundfunk eingeladen, ich hatte eine Stadttour auf den Spuren Ingeborg Bachmanns gebucht. In einem Oldtimer. Ein militärgrünes Gefährt, das so laut war, dass die Führerin uns während der Fahrt mit einem Megafon anbrüllte. Eine Dame in Gelb war das, am Steuer neben ihr saß ein Mann in Frack und Zylinder, als hätte Ingeborg Bachmann im 19. und nicht im 20. Jahrhundert gelebt. Außer mir fuhren ein älteres Ehepaar und drei Teenager mit, Nichten der Führerin.

Während der Fahrt verstand ich kein Wort, ich saß in der letzten Reihe, es war ähnlich laut wie auf dem Rollfeld eines Flughafens. Scheppernd und im Schritttempo bahnten wir uns den Weg durch Kärntens Hauptstadt, aber weil nicht ich dort lebte, sondern die anderen, fand ich es nicht schlimm, Teil dieser Belästigung zu sein.

Vor dem Geburtshaus von Ingeborg Bachmann erklärte uns die Führerin, dass die Bachmann mit fast jedem Mann, den sie gekannt habe, eine Liebesbeziehung eingegangen sei, der Celan, der Frisch, der Weigel, zählte sie auf, und bis auf Paul Celan, seien das alles Väter für Ingeborg Bachmann gewesen.

Das Ehepaar hinter mir nickte, die Nichten schrieben mit, sie sollten im Deutschunterricht ein Referat halten. Vielleicht las die Führerin deshalb immer wieder Passagen aus Bachmanns Büchern vor. Sie machte das so ähnlich wie Tanten auf Geburtstagsfeiern, wenn sie ein Gedicht mit Reimen geschrieben hatten. Ihr Dialekt war allerdings so stark, dass ihre Worte sich mir nur zeitverzögert erschlossen.

Wir fuhren weiter zum Friedhof. Am Grab der Bachmann stand die Sonne senkrecht am Himmel, die Nichten der Stadtführerin tippten auf ihren Telefonen, und das ältere Ehepaar stellte sich ein wenig abseits in den Schatten. Die Führerin erklärte, wenn Ingeborg Bachmann nach der Trennung von Max Frisch nicht alkohol- und tablettensüchtig geworden und an den Folgen eines Zimmerbrandes in Rom gestorben wäre, den sie mit ihrer Zigarette verursacht habe, weil sie mit einer eingeschlafen sei und infolge der Tablettensucht kein Schmerzempfinden mehr gehabt habe, also nicht gemerkt habe, dass ihr die glühende Zigarette aus der Hand gefallen sei, ja, wenn das alles nicht so gekommen wäre, dann wäre es ganz anders gekommen, sagte die Führerin, dann nämlich, betonte sie, wäre Ingeborg Bachmann zurück nach Kärnten gezogen, das sei nämlich der Plan gewesen, weg aus Rom, zurück nach Kärnten, jedenfalls, wenn sie nicht vorher gestorben wäre.

Zurück im Oldtimer schrie die Frau wieder in ihr Megafon, ich hörte ihre Worte nur abgehackt, *Vater!, Rom!, Besuch!* Erst als wir am Wörthersee ankamen, wurde es besser. Wir stiegen am Strandbad Maria Loretto aus, und zum ersten Mal seit Beginn der Tour verließ auch unser Fahrer den Wagen. Er trug Flip-Flops. Mehrmals hob er seinen Zylinder an und wischte sich Schweiß vom Kopf, dann zog er sich aus. Ohne Frack und Zylinder sah er aus wie ein Bademeister. Die Stadtführerin bat uns, ihr zu folgen.

Auf dem Weg zu einer Art Schloss oder Herrenhaus oder Palais erzählte sie von Ingeborg Bachmanns Besuchen bei ihrem Vater in Kärnten, so wie die Figur der Elisabeth Matrei in der Erzählung »Drei Wege zum See« ihren Vater in Kärnten besuche, und dass diese Elisabeth Matrei Ingeborg Bachmann sei und Elisabeth Matreis große Liebe, Franz Trotta, sei Paul Celan, und der See, das sei natürlich der Wörthersee. Vor dem standen wir nun.

Während wir auf das Wasser schauten, sagte die Führerin, dass ja viele Menschen glaubten, die Bachmann sei eine schreckliche Diva gewesen, weil sie in

Rom gelebt habe und immer so langsam gelaufen sei, aber die Sache sei vielmehr die, dass die Bachmann schlechte Augen gehabt habe, dreizehn Dioptrien nämlich, sagte die Führerin, und nur deswegen sei die Bachmann immer so langsam gelaufen, ja, nach zweihundert Metern habe für Ingeborg Bachmann bereits das Nirvana begonnen, ja, die Ingeborg Bachmann sei praktisch blind gewesen!

Wir fuhren zurück in die Stadt. In einem Kabuff im Rathaus zeigte die Dame uns zum Abschluss einen Kurzfilm über Ingeborg Bachmann in Rom, in dem sie wirklich bedenklich langsam durch die Stadt schlich, und gleich darauf noch einen über Max Frisch, und zwar aus jener Zeit, in der er gerade wegen Ingeborg Bachmann in die italienische Hauptstadt gezogen war. Die Bachmann sah man allerdings kein einziges Mal in diesem Film, man sah nur das runde Gesicht von Max Frisch, der an seiner Pfeife nuckelte und seine Freundin auch mit keinem Wort erwähnte, nur bekannte, er befinde sich in einer *seeehr glücklllichen Sit-ua-tion*, denn er habe seinen schweizerischen Pass, seinen italienischen Wohnsitz und seine deutsche Leserschaft, eine *seeehr glückllliche Sit-ua-tion*. Sympathisch wurde er mir erst, als er anfing, den römischen Straßenverkehr zu analysieren.

Nach der Tour lief ich zu dem Restaurant, in dem ich mit Simon verabredet war. Er saß neben seinem Agenten und wies mir den Platz ihm gegenüber zu, sodass ich neben einem Mann saß, der mir als Wiener Theaterregisseur vorgestellt wurde. Eigentlich war ein Essen mit Simon und seinem Agenten geplant gewesen, aber daraus war eine ganze Tafel geworden. Ich versuchte erst gar nicht, in alle Gesichter zu schauen, der Regisseur reichte. Er hatte die Strenge seiner Hornbrille und sprach in zwei Stunden kein Wort. Sein Telefon aber leuchtete ein paarmal auf, es lag mit dem Display nach oben vor ihm. Immer wenn es sich erhellte, waren darauf ein lachender Mann und ein kleines Mädchen zu sehen. Ich konnte kaum glauben, dass der Mann neben mir und der auf dem Display derselbe Mensch sein sollten. Aber dann dachte ich an die Fotos, mit denen in Magazinen Neuwagen beworben wurden. Einmal waren die Autotüren geschlossen, einmal standen sie offen.

Ich sprach ähnlich wenig wie der Regisseur. Als ich ankam, ging es wenigstens noch um die Schweiz, was insofern passte, als ich mir immer noch Max Frisch im römischen Straßenverkehr vorstellte. Simon, sein Agent und eine Frau, die mich ignorierte, zählten die einzelnen Kantone auf und teilten sie in *sehr reich, reich* und *hoffnungslose Bauerngegend* auf. Die hoffnungslosen Bauerngegenden, fand Simons Agent, überlasse man künftig am besten der Natur. Die wenigen Leute, die dort noch lebten, müsse man aber nicht umsiedeln, man müsse nur warten, bis sie tot seien.

Er sagte: Man kann es ja *ausfaden* lassen.

Irgendwer kam auf den Schriftsteller zurück, dessentwegen es um die Schweiz gegangen war. Er stammte von dort und sollte die Eröffnungsrede halten. Er war in seiner Heimat so bekannt, dass er nach Afrika gezogen war, wo sich keiner für ihn interessierte. Ein Nachwuchsautor ergriff das Wort. Die Zeit, in der aus Schriftstellern später Statuen wurden, sei endgültig vorbei, sagte er. Nicht mal den berühmten Schweizer könne er sich noch in Bronze auf einem Marktplatz vorstellen, auch Straßen würden heute und in Zukunft nicht mehr nach Autoren benannt, maximal Preise oder Stiftungen. Daraufhin fing die Frau neben Simon umständlich von Roger Willemsen an, kam aber nicht weit, weil ihr ein Lokalpolitiker erst von hinten an die Schulter fasste und dann einen Stuhl zwischen sie und Simons Agent schob. Er berichtete, dass er gerade von einer Livesendung bei Radio Kärnten komme, wo er über den Ausgang des Wettbewerbs hatte orakeln sollen, dabei habe er bis kurz vor der Sendung nicht einmal gewusst, wer eingeladen worden sei. Und da sah er plötzlich mich an, und sein Gesicht bekam so etwas Professionelles, als wäre Wahlkampf und ich die Einzige, bei der noch eine Stimme zu holen war. Und im gleichen Dialekt wie meine Stadtführerin sagte er, dass er sich gefühlt habe, als müsse er mit einem Messer bei einer sizilianischen Schießerei antreten.

Nach diesem Satz lachte der gesamte Tisch, sogar Simon, und ich sah mir all diese Menschen an, während sie lachten. Ich betrachtete ihre offenen Münder, darin Brotbrei, Rotweinzähne, Salatfasern, und ich dachte, wenn ich jetzt einfach aufstehen und gehen und niemals wieder einen Menschen sehen würde, dann wäre das nicht schlimm.

Der Wettbewerb. *Adel auf dem Radl* bestand ihn nicht. Es gewann ein surrealer Text, bei dem der Protagonist kein Mensch war, sondern ein Bus. Der Protagonist war ein Oberleitungsbus aus Salzburg. Diese Oberleitungsbusse waren, wie es jemand aus der Jury formulierte, *die Fahrzeug gewordene Depression*. Es war also irgendwie ein Text über Depression, aber irgendwie auch nicht. Außer der Jury, der Autorin und ihrem Verlag schien niemand zu verstehen, worum es ging, und das alles erinnerte mich an den Sommer, in dem wir so oft im Schwimmbad gewesen und Katja und Ela ständig aneinandergeraten waren. Wenn ich Filme und Bücher ins Gespräch gebracht hatte, waren es bald nur noch die beiden, die darüber sprachen. Sie waren stets unterschiedlicher Meinung, besetzten immer die jeweilige Gegenposition, ja, sie kamen mir vor wie die verfeindeten Starkritikerinnen zweier Zeitungen. Nur, dass sie keine Kritikerinnen waren. Und dass keiner mehr Kritiken las. Oder Zeitungen.

Simons Text fiel immerhin auf, weil darin nichts verrätselt war, sondern alles grell ausgeleuchtet. Es war ja auch eine Satire, aber nicht mal mehr der Juror, der Simon eingeladen hatte, wollte die Geschichte noch verteidigen, und zu meiner eigenen Überraschung tat Simon mir leid. Ich verfolgte seinen Auftritt nicht vor Ort, sondern auf einer Leinwand irgendwo in Klagenfurt, wo der Wettbewerb übertragen wurde wie andernorts Fußballspiele.

Als es endlich vorbei war, saß ich auf meinem Klappstuhl wie gelähmt. Ich wusste nicht, wie ich ihm gleich gegenübertreten sollte, ich wäre am liebsten verschwunden. Weil ich Zeit schinden wollte, loggte ich mich bei Twitter ein und ging auf sein Profil. Sein letzter Tweet war ein Foto von einem Schild, auf dem *Klagenfurt* stand.

Ein kleines Schild, in der Nähe des Bahnhofs aufgenommen, davor ein Drittel von Simons Gesicht, ein verrutschtes Selfie und darunter der Satz: *OK, let's do this!*

Es erstaunt mich immer noch, was dann geschah.

Simon rief mich eine Stunde nach seinem Auftritt an und fragte, ob wir baden gehen wollten. Er fragte das so, als wären wir in Berlin und nicht in Klagenfurt, und er klang, als hätte es seinen Auftritt gar nicht gegeben. Dass die Schmach so groß war, dass er sie sich nicht eingestehen konnte, schon gar nicht vor mir, passte zu ihm. Aber nicht, dass er sich dabei im Griff hatte, dass er darunter nicht brodelte, wie sonst. Wenn ich heute an Simon denke, ist das erste Wort, das mir einfällt: angespannt. Aber an diesem Nachmittag am Wörthersee war es, als hätte er einmal alles losgelassen, den hohen Anspruch an sich selbst und den an alle anderen. Er lachte, als ich ihm von der Stadttour erzählte, die ich bislang nicht erwähnt hatte, sicher, es würde ihn ohnehin nicht interessieren. Und als wir am Abend noch immer am See saßen, inzwischen bei Bier und Pommes, erzählte er, dass er mit jedem Satz der Kritik gleichgültiger geworden sei, weil jeder Satz so hart gewesen sei, dass es ihm gar nicht mehr real vorgekommen sei.

Wir sprachen so lange, bis das Strandbad schloss, und wir schliefen an diesem Abend das erste Mal seit bald einem Jahr miteinander. Es war nicht besser oder schlechter als früher, es war vielleicht nur ehrlicher. Ich glaubte, etwas für Simon zu empfinden, auch wenn ich wusste, dass das Gefühl den Abend nicht überdauern würde. Danach blieben wir noch eine Weile liegen und sahen einander an, und ich hatte plötzlich einen Satz im Kopf, an den ich bis heute denke, wenn ich mich an diesen Abend erinnere. Ich dachte: Auch der kühlste Mensch hat noch stille Momente, in denen er bereut.

Ich dachte, dass das auf uns beide zutraf.

Auf der neunstündigen Rückfahrt war es so schwül, dass ich ständig einnickte und wirres Zeug träumte. Der Verriss, träumte ich, der Verriss in Klagenfurt war so gigantisch, dass die Feuilletons das Wort *historisch* verwendeten. Selbst meine Schwester war in diesem Traum, sie rief: Aber das ist doch wie bei *Deutschland sucht den Superstar!* Am Ende sprechen alle über den Verlierer, nicht über den Sieger, wie hieß dieser schlimme Typ noch gleich?! Und ich rief zurück: Küblböck, Daniel Küblböck! Damit schreckte ich hoch. Minutenlang dachte ich über Daniel Küblböck nach. Darüber, dass Daniel Küblböck inzwischen im Atlantik von einem Kreuzfahrtschiff gesprungen war und als verschollen galt.

Simon schwieg die gesamte Rückfahrt, wieder ganz der Alte. Ein Ende im Eismeer wünschte ich ihm trotzdem nicht. Nicht einmal, als wir dann endlich Schluss machten. Es war einige Wochen nach Klagenfurt, früher Herbst, wir hatten den Bus nehmen wollen, ich weiß nicht mehr, wohin. Der Bus fuhr gerade auf die Haltestelle zu, als wir in die Sonnenallee einbogen, also rannte Simon los, ich nicht. Niemals in meinem Leben war ich für einen Bus oder einen Zug gerannt. Immer gab ich schon in dem Moment auf, in dem mir klar wurde, dass ich kämpfen musste. So war ich. Viele Menschen waren so. Wieso hätte ich an diesem Abend ein anderer Mensch sein sollen?

Simon rannte.

Er kriegte den Bus gerade noch so und fuhr ohne mich in ihm davon. Keine Viertelstunde danach schrieb er mir, dass er sein Leben nicht länger mit einer Frau teilen könne, die nicht einmal einen Bus erwischen wolle. Er nannte mich lethargisch und deprimiert und deprimie*rend* und empfahl mir eine Therapie. Ich beantwortete seine SMS nie. Aber ein halbes Jahr später wurde *Adel auf dem Radl* in einem unbedeutenden Kleinverlag veröffentlicht, und ich bewertete es anonym auf Amazon. Mit einem Stern.

Ich wusste, dass Simon so etwas wahnsinnig machte.

## 10

Anfang Dezember rief ich endlich meine Schwester an. Sie ging sofort ran, aber sie sagte nicht: Na endlich!, oder: Wieso hast du dich so lange nicht gemeldet? Sie sagte nur: Griechenland also!

Ich antwortete: Ja. Hallo. Entschuldige.

Sie fragte: Für was?

Ich beschrieb ihr, wie gut es auf der Insel roch. Ich erklärte, dass ich mir nicht vorstellen konnte, je wieder deutschen Filterkaffee zu trinken. Ich sagte, dass es mir gut ging. Dass das so war, wusste ich erst, als ich es aussprach.

Meine Schwester schwieg, aber ich spürte, dass sie nickte. Ich stand auf meiner Terrasse in Griechenland und stellte mir ihr aufmerksames Gesicht vor. Wie sie vor ihrem Fenster in Hamburg saß und in ihren kleinen Garten hinausschaute, der jetzt braun sein musste und grau.

Ich erzählte weiter. Ich erzählte meiner Schwester, warum ich nach Griechenland gefahren war und was davor passiert war. Als ich fertig war, blieb sie still.

Ich hab Katja nie gemocht, sagte sie schließlich.

Und damit war das für meine Schwester erledigt.

Nun erzählte sie. Von dem Kater, den ich ihr geschenkt hatte. Ich hatte ihr vorgeschlagen, ihn Snowball zu nennen wie die *Simpsons*-Katze, aber sie hatte nur den Kopf geschüttelt. Sie berichtete, dass Franz den Herbst persönlich nahm, sie sagte das genau so: Er nimmt den Herbst persönlich.

Den ganzen November habe er auf dem Fensterbrett verbracht und verdrossen hinausgeschaut, statt den Garten zu erkunden. Das sei im ersten Jahr anders gewesen, stundenlang sei er da auf Tour gegangen. Manchmal drehe er sich zu ihr um und beklage sich, als wäre meine Schwester persönlich für das Wetter verantwortlich. Sie habe es schon mit Hormontabletten versucht, etwas für die Stimmung.

Ich konnte kaum glauben, wie irrational meine Schwester war, sobald es um Tiere ging. Meine kühle Schwester, die ihr Herz sonst so fest verschlossen hielt.

Weil ich nicht wusste, was ich zu den Depressionen ihres Katers sagen sollte, fing ich von den griechischen Katzenbabys an. Nicht davon, wie sehr sie mich nervten, sondern davon, wie krank sie waren. Aber dass das hier niemanden interessierte außer der Amerikanerin. Und da antwortete meine Schwester, gute Frau, ich würde es auch so machen, jemand muss sich doch kümmern! Danach fiel uns nichts mehr ein. Sie sagte, also dann, und ich auch: Also dann.

Ich glaube, das mochte ich am meisten: dass wir zu der anderen gehen konnten, wann wir wollten.

Wie eine Katzenklappe.

Die Tage wurden auch auf der Insel kürzer, aber sie wurden nicht dunkler. Das Jahresende glich eher einem müden Frühling. Dass bald Weihnachten sein würde, fiel mir nur wieder ein, wenn Paolo es erwähnte. Auch die Wochentage verschwammen. Dass Sonntag war, merkte ich daran, dass Männer mit Hunden und Gewehren durch den Hain zogen, darunter Paolos Nachbar, den ich an seinem roten T-Shirt erkannte. Manchmal fiel in der Ferne ein Schuss.

Am ersten Advent wollte ich gerade aufbrechen, runter ins Dorf, als ich Tania und Paolo hörte. Weil ich Tania so lange nicht gesehen hatte, ging ich zu ihnen. Sie saßen vor Paolos Studio und luden mich ein, mit ihnen zu essen, Paolo hatte Linsen mit Speck gekocht. Es war genug da, aber ich zögerte, wollte nicht stören. Paolo lachte, kurz und kühl lachte er darüber, deutete erst auf Tania, dann auf sich: This is not a love story!

Ich setzte mich, Paolo ging nach drinnen. Als er mit meiner Portion zurückkam, deutete er erneut auf Tania: She already has a lover!

Tania errötete.

Yes, it's true, sagte Paolo.

Tania sah auf ihren Teller und versuchte, nicht zu grinsen. It's just a friend, sagte sie zu ihrem Teller.

A friend, wiederholte Paolo und lachte, wärmer diesmal, und ich hatte die beiden offenbar die ganze Zeit angestarrt, denn plötzlich wandte er sich an mich: You should eat.

Also aß ich.

In der Ferne fielen Schüsse, keiner von uns kommentierte sie. Paolo berichtete von seiner anstehenden Reise. Er wollte über die Feiertage nach Catania zu seinem Bruder, der drei Mädchen hatte, fünf, acht und zehn Jahre alt. Paolo wusste nie, was er ihnen schenken sollte. Am Ende besorgte jedes Jahr die Frau seines Bruders die Geschenke, was dazu führte, dass Paolo so gespannt war wie die Mädchen.

Seine Schwägerin, sagte Paolo, sei die einzige Italienerin auf der Welt, die freundlich mit den Augen rollen könne. Und letztes Jahr, erzählte er, habe seine jüngste Nichte ein Buch über Gino bekommen, einen Polizeihund, der kleine Mädchen rettete. Auf jeder Seite ein neues Mädchen neben einem Mischling mit blauer Polizeimütze, freundlichen Augen und buschigem Schwanz. Seine Nichte sei süchtig danach gewesen, viermal hintereinander habe er das Buch vorlesen müssen. Am zweiten Weihnachtstag sei er völlig fertig gewesen.

Family, sagte Paolo, can break your heart.

Ich war nicht ganz sicher, wie er das meinte. Aber Tania sah ihn mit einer Mischung aus Mitleid und Belustigung an und strich über seinen Arm.

Really, sagte er und sah uns beide abwechselnd an, it's too much love, too much for me!

Wie er das so sagte, wirkte er auf einmal viel älter, und wie Tania ihm so über den Arm strich, dachte ich, sie könnte seine Tochter sein. Und natürlich hatte Paolo recht.

Liebe musste man ja immer auch aushalten können. Vielleicht versteckten sich deswegen so viele Menschen irgendwann vor der Zuneigung und den Bedürfnissen ihres Partners.

Wir schwiegen alle drei, bis ich fragte, wie es Arabella gehe. Sowohl Tania als auch Paolo schienen froh über den Themenwechsel. Sie diskutierten, ob Arabella das richtige Futter fraß, bis sie auf die kleinen Katzen kamen und damit auf die Amerikanerin, die Paolo immer noch *overexcited* nannte und die sanfte Tania sogar *a little bit crazy.*

Die Frau hatte wohl öfter Besuch gehabt von Einheimischen mit kleinen aufgeregten Hunden, und diese kleinen aufgeregten Hunde hatten die Hühner des Schäfers gejagt, weil die Einheimischen und die Amerikanerin miteinander gekifft und alles andere darüber vergessen hatten, auch die Hühner des Schäfers, die nebenan frei herumliefen. Ich erzählte, dass ich sie nachts ein paarmal auf ihrer Terrasse lachen gehört hatte, ohne zu wissen, worüber. Dass es außer ihrem Lachen totenstill gewesen war. Paolo und Tania sahen mich entsetzt an. Wie mir das gefehlt hatte: Leute, die mich verstanden.

Und die es gut meinten.

Paolo stand auf und sagte, dass am Abend der Fotograf aus New York ankomme. Er wolle bis Ende Januar bleiben, um ein Projekt fertig zu machen. Es gehe um den griechischen Wohnungsmarkt, Unterkünfte für Touristen, etwas mit dem Internet, so genau habe er nicht zugehört, es sei ihm ja auch völlig egal. All these projects, er schüttelte den Kopf.

Ich musste an meine Schwester denken.

Ein Künstler, was soll das sein?

Wenn, dann sind wir alle Künstler!

Und offenbar waren alle Künstler.

Paolos kleines Anwesen unterschied sich gar nicht so sehr von der Villa an der Havel. Nur dass die Menschen, die dort wohnten, nichts bezahlen mussten, weil sie sich mit ihren Projekten beworben und Stipendien bekommen hatten. Ich versuchte mir

Paolo und Tania als Jury vorzustellen. Es war gar nicht so abwegig.

Paolo räumte ab, Tania und ich hingen unseren Gedanken nach, bis ich mich verabschiedete und oben vor meine Wohnung setzte. Von Weitem sah das Meer fast schöner aus, als wenn man davorstand. Vielleicht war das mit den meisten Dingen im Leben so. Was ertrug man schon aus der Nähe.

Ich überlegte, ob ich endlich Ela antworten sollte. Meine Kündigung hatte sie nicht kommentiert, nur gefragt: *Und wann kommst du wieder?* Aber ich schrieb auch an diesem Nachmittag nichts zurück.

Keine vier Wochen nachdem ich mit Katja nach Palermo geflogen war, saß ich wieder im Flugzeug und dachte über ihren Satz nach: Als wäre Italien deine Sache!

Tatsächlich war ich in Italien immer alleine gewesen. Und ich wollte nie etwas von diesen Reisen erzählen. Unbedingt wollte ich die Bilder in meinem Kopf konservieren, mir die Erinnerung an das Licht und den Geruch der Luft bewahren. So lange wie möglich versuchte ich davon zu zehren, aber dann schob sich Berlin doch wieder vor alles, das Quäken der S-Bahn, *Zurückbleiben, bitte!*, die grauen Gesichter, das passiv-aggressive Dauergelaber, *Weeßte-icke-wa?*

Traf ich jemanden nach diesen Reisen, beschränkte ich mich auf das Nötigste. Es fühlte sich an, als würde Italien mit jedem Wort, das ich darüber verlor, weiter aus mir herausfallen.

Italien zu teilen funktionierte nur mit einem Italiener.

Ich war sicher gewesen, dass meine erste Nacht mit Andrea die letzte sein würde. Aber wir hatten uns noch zweimal getroffen, bevor ich abgereist war. In Berlin schrieb er mir auch. Wir verabredeten uns für ein Wochenende in Rom.

Es war Anfang August, Andrea landete in Ciampino, ich in Fiumicino. Ich hatte ihm erzählt, wie sehr ich Rom mochte, nicht aber, wie gut ich die Stadt kannte. Ich wollte sie mit seinen Augen sehen. Wollte herausfinden, wohin ein Sizilianer eine Frau brachte, der er die Hauptstadt seines Landes zeigen musste. Und ich hatte erwartet, dass gerade darin das Problem liegen würde: dass sich Rom für einen Sizilianer nicht wie seine Hauptstadt anfühlte. Aber Andrea wollte mich an meinem Lieblingsort in Rom treffen, ohne dass er wusste, dass es mein Lieblingsort war.

Er wartete vor dem *Nuovo Sacher*, als ich in Trastevere aus dem Taxi stieg. Es war das Kino, das Nanni Moretti gehörte. Andrea rauchte. Und wie er da so stand, kurz rasierte Haare, schwarzes Shirt, Jeans, hätte ich mich gerne noch ein wenig versteckt, nur um ihn zu anzusehen.

Als er mich entdeckte, trat er seine Zigarette aus. Das machte er immer, obwohl mich der Rauch nicht störte. Er berichtete, dass er die Tickets schon geholt habe, für *Palombella Rossa*, einen Film von Moretti, in dem er, wie fast immer, selber mitspielte. Grob gesagt geht es in diesem Film um Wasserball und um Kommunismus und um Torten.

Dass ich wusste, wer Nanni Moretti war, hatte Andrea gefreut, dass ich den Film schon kannte, hatte ich ihm noch nicht verraten. Nun beschrieb er ihn, so gut er konnte, und als er fertig war, rief ich: Marca Budavári! Das ist der Running Gag des Films, der Schlachtruf des Trainers einer der beiden Wasserballmannschaften: Das Team soll Budavári decken, den schnellen Ungarn, der besser ist als alle anderen. Und diesen Ungarn gibt es wirklich, Imre Budavári, der als junger Mann aussah wie ein freundliches Walross.

Andrea nahm mich in den Arm.

Wie ein Vater seine Tochter, auf die er stolz war.

Wir verbrachten das ganze Wochenende im Kino. Und wenn wir nicht vor der Leinwand saßen, lagen wir im Bett. Nur einmal, als wir essen gingen, ging es wirklich um Rom: als ich Andrea erzählte, dass ich einmal geglaubt hatte, Archäologin werden zu wollen. Dass er damit mehr anfangen konnte als mit meinem Job in der Künstlerresidenz, war das einzig Traurige an diesem Wochenende. Meine Arbeit fühlte sich von diesem Moment an nicht mehr richtig an.

Nach Rom telefonierten und schrieben wir viel, trafen uns aber nicht wieder. Andrea wusste von Simon, und ich ahnte, dass es auch bei ihm jemanden gab. Wir warteten bis zum nächsten Sommer, als ich wieder zu unseren Partnern nach Palermo flog. Diesmal hängte ich noch eine Woche dran für Andrea, es war nur ein paar Tage nachdem ich mit Simon aus Klagenfurt zurückgekommen war. Heute erscheint mir das wahnsinnig. Es war allerdings ein Wahnsinn, der Sinn ergab. Es war, als hätte Andrea etwas in mir geweckt, was ich auch auf Simon anwenden konnte.

Bis heute kann ich mich an die Treffen mit ihm so gestochen scharf erinnern, als wären es Szenen aus einem Film, den ich auswendig kenne. Seine Hände auf meinem Bauch, der abgebrochene Schneidezahn, wenn er lachte, die winzigen Sommersprossen zwischen seinen Schulterblättern.

Der Rest war Lärm. Lärm in meinem Telefon.

Ich wurde zu einer von denen, die immer nur tippten, tippten, tippten, den Blick gesenkt. Einmal versuchte ich, die Wohnung über mir aufzusperren, weil ich beim Chatten weiter die Treppen hochgestiegen war.

Warum war mir nicht klar gewesen, dass das alles nichts mit der Realität zu tun hatte?

Nach der Trennung von Simon traf ich mich mit Ela und berichtete von dem Busfiasko. Sie behauptete, sie würde auch niemals einem Bus hinterherrennen, schon gar nicht der M41, was ich nicht glauben konnte. Ela erledigte alles im Stechschritt. Ich war ihr aber dankbar für die Solidarität.

Ich erzählte ihr an diesem Abend auch von Andrea, nachträglich. Dass es ihn gegeben hatte und jetzt nicht mehr gab.

Bei unserem zweiten Sommer in Palermo hatte er zwar noch versprochen, als Nächstes nach Berlin zu kommen, aber kaum war ich zurückgeflogen, hörte ich nichts mehr von ihm. Auch dass man ein Telefon ausschalten konnte, schien er nun mitbekommen zu haben. Ich stellte meine Bemühungen bald ein, und ich erzählte Ela das alles nicht, weil ich Trost gebraucht oder weil sie mir gefehlt hätte.

Ich erzählte es Ela, weil Katja mir fehlte.

Etwas hatte sich verändert. Seit unserer Reise nach Sizilien war immer ich es, die schrieb, anrief, nach Treffen fragte, und von ihr kamen Floskeln, Ausflüchte, Absagen. Und als Simon Schluss machte, kam sie zwar vorbei, stellte aber keine Fragen. Nicht mal, als ich von Andrea berichtete und witzelte: Dann halt ein Leben ohne Männer!

Sie reagierte kaum.

Danach sahen wir uns erst zu Elas Geburtstag zwei Monate später wieder. Wir spazierten zusammen nach Rixdorf, sie war alleine gekommen, und ich dachte, dann ist wohl wieder was mit Gustav. Ich wollte sie fragen, aber Katja hatte so eine Art: Wenn sie nicht wollte, dass man etwas fragte, fragte man auch nicht.

Wie ein Schalter, der geschlossen war.

Ela verkündete auf ihrer Feier, dass sie die Pille abgesetzt hatte, und wurde ein bisschen rot. Sie sagte nicht: Ich habe die Pille abgesetzt, sondern: Wir haben die Pille abgesetzt! Neben ihr stand Matthias und nickte. Die anderen Gäste taten, als wären sie völlig aus dem Häuschen, dabei war ich sicher, dass sie wie ich nur noch ein Bild im Kopf hatten.

Später sah ich dann zum ersten Mal Katjas Ex, den österreichischen Theaterschauspieler. Sein Gesicht kam mir bekannt vor, der Name fiel mir nicht ein, und ich zog auch gar nicht die Verbindung zu Katja, die früh wieder nachhause gegangen war. Erst als er sich bei Ela nach ihr erkundigte, begriff ich, wer er war. Mir war nicht mal klar gewesen, dass Ela ihn kannte. Sie war vielleicht länger mit Katja befreundet, aber doch nicht besser?

Der ist ja gar nicht so eingebildet, sagte ich, als wir einen Moment alleine waren.

Wieso eingebildet, sagte Ela.

Ich fasste die Wienerwald-Geschichte zusammen, die mir Katja vor Ewigkeiten erzählt hatte. Wie der Mann so auffällig sein Fahrrad abgeschlossen und sie Schluss gemacht hatte.

*Das* hat sie erzählt?

Ja.

Und sonst?

Ela klang aufgebracht.

Wie, und sonst?

Wie er ihre Handtasche am Ku'damm überfahren hat, hat sie dir also nicht erzählt?

Ich wusste nicht, ob ich lachen sollte.

Ela lachte nicht.

Aber sie erzählte mir, wie sie einmal alle an der Schaubühne gewesen waren, der Österreicher auf der Bühne, Katja, Ela und Derek in der ersten Reihe. Nach der Aufführung ließ sich Katjas Freund breitschlagen, sie alle noch zu einer Bar in Mitte zu chauffieren, die Stimmung zwischen ihm und Katja war angespannt, und als er dann vorfuhr, sprang sie zu seinem Wagen und knallte ihre Handtasche gegen die Windschutzscheibe, sodass die Handtasche auf die Straße fiel, während Katja sich auf den Bordstein setzte und anfing zu weinen.

Der Österreicher stieg nicht aus.

Der Österreicher manövrierte und fuhr langsam, aber gezielt über Katjas Lederhandtasche. Er machte sie platt und alles, was drin war, das Handy, die Puderdose, den Geldbeutel.

Nur den Lippenstift, sagte Ela, den Lippenstift hat er irgendwie nicht erwischt, und Schluss gemacht hat *er*!

Seit die hinkende Katze in meine Küche gepinkelt hatte, hatte sie es nicht noch einmal in meine Wohnung geschafft, auch wenn sie gern gewollt hätte. Sie kam wieder öfter zu mir auf die Terrasse, ihre Geschwister auch. Erst freute mich das, weil ich glaubte, den Katzen ginge es um mich. Aber das war natürlich Quatsch.

Ich sah selber nach: Das Appartement der Amerikanerin war dunkel, die Tür abgeschlossen, in den Schüsseln vor der Wohnung vertrockneten Hackfleischkrümel. Ich fragte Paolo, ob sie abgereist sei, aber davon wusste er nichts. Er hatte doch auch erzählt, dass sie wie ich bis Weihnachten bleiben wollte. Er brauchte eine Weile, bis ihm einfiel, wann er sie zuletzt gesehen hatte, fast zwei Wochen war es her. Als Tania dazustieß und fragte, wann ich die Frau nachts hatte lachen hören, konnte ich es nicht sagen, es kam mir ewig vor.

Wir bemerkten Schritte auf der Treppe und sahen einander an, als käme gleich die Amerikanerin um die Ecke, aber es stimmte nur das Land.

Es war der New Yorker Fotograf.

Er war erst in der Nacht angekommen und wirkte zurückhaltend. Er sah älter aus, als ich erwartet hatte, und er hatte einen schlechten Haarschnitt. Als hätte der Friseur sich nur auf einer Seite Mühe gegeben.

Paolo verkündete, dass er am Abend für alle kochen werde, auch die Amerikanerin werde er einladen, er hinterlasse ihr eine Nachricht an der Tür. Sie werde unten im Dorf sein, bestimmt werde sie zurückkommen, sicher in den nächsten Stunden. Tania sah nicht überzeugt aus, der Fotograf wusste nicht, worüber Paolo sprach, und ich nickte.

Ich glaubte nicht an mein eigenes Nicken.

Ich hatte aber wieder die Eisaugen der Belgierin im Kopf. Hier konnte man es barfuß aushalten, das war ein Trost, kein großer. Irgendwas stimmte nicht, und wie zur Bestätigung biss mich in diesem Moment eine der kleinen Katzen.

Oh, so many cats!, rief der Fotograf.

Dass er sich nicht zu ihnen hinunterbeugte, um sie zu streicheln, fand ich zwar seltsam. Aber es gefiel mir.

Er hieß Norman.

Ich verschlief, das passierte mir öfter in diesen Tagen. Wenn ich mich am späten Nachmittag hinlegte, schlief ich statt einer halben Stunde fast drei. So verpasste ich den Anfang des Essens. Als ich nach unten ging, saßen Paolo, Tania und Norman schon beieinander. Die Amerikanerin fehlte, was niemand kommentierte. Als würden alle das Problem für einen Abend vergessen wollen.

Ich nahm gegenüber von Norman Platz. Er erzählte gerade, wie er sein Telefon tagsüber auf stumm stelle und außerhalb seiner Reichweite irgendwo ablege, um ungestört zu arbeiten. Wenn er es abends wieder in die Hand nehme, fühle sich das jedes Mal an, als bekomme er eine Belohnung für seine Disziplin, *some kind of reward*, eine Belohnung in Form von besonders vielen Nachrichten und Anrufen. Aber wenn nach einem solchen Tag nichts auf seinem Handy passiert sei, *no message, no missed call*, frustriere ihn das so sehr, dass er die innere Ruhe, die er sich den ganzen Tag über erarbeitet habe, sofort wieder zerstöre, indem er den restlichen Abend alle paar Minuten sein Display aktiviere, um nachzusehen, ob doch noch etwas passiere.

Paolo und Tania hatten aufmerksam zugehört. Tania hatte ein paarmal wissend genickt, Paolo hatte nach einer Weile meinen Blick gesucht. Jetzt, als Norman fertig war, schien er mir damit zu sagen: Siehst du, das meine ich!

Er sah jedenfalls genauso genervt aus wie an dem Sonntagmorgen, an dem er mit seinem Baguette das Silicon Valley verflucht hatte. Ich mochte ihn in diesem Moment sehr. Aber Norman auch.

And where is your phone now?, fragte ich.

Upstairs, antwortete er, turned off.

And, Paolo grinste, does that make you nervous?

No.

Are you sure?, fragte Paolo und schien sich selbst nicht sicher zu sein, ob er sich über ihn lustig machen wollte.

Norman spielte mit: Maybe another glass of wine would help?

Das war eine Antwort in Paolos Sinne. Während er nachschenkte, erzählte Norman von seinem letzten Projekt.

Seit dem Sommer war er von Portugal, Spanien

und Südfrankreich nach Italien gereist, und zwar mit seiner Kamera und einem Foto von Donald Trump. Seine Idee war, die Menschen genau in dem Moment zu fotografieren, in dem er ihnen Trump unter die Nase hielt und ihren angewiderten Gesichtsausdruck festzuhalten, aber entweder sahen die Leute ihn verwirrt an oder sie hielten einen Daumen nach oben, manche auch beide Daumen.

You know Trump was in the *Simpsons* once?, fragte ich.

Tatsächlich gab es eine alte Folge aus den Neunzigern, die in der Zukunft spielte und zeigte, wie Trump Präsident war.

Sure, they knew everything before, antwortete Norman.

Paolo sah mittlerweile aus, als hätte er Kopfschmerzen, und seit es um Trump ging, schien er nichts mehr hören zu wollen. Trump erinnerte ihn vermutlich an seine Ex-Freundin Carlotta und, Ding-Ding-Ding, ihre nächtlichen Gruppenchats zur Weltlage.

Anyway, sagte Norman, dem das Schweigen seines Gastgebers nicht entgangen war, now I'm here and do something else.

Keiner hakte nach.

Ich fragte: Shall I show you around tomorrow?

Und Norman, enthusiastisch wie er war, antwortete: That would be great!

Paolo grinste, Tania auch.

Ich wusste es, ohne die beiden anzusehen.

Am nächsten Morgen ging ich mit Norman hinunter zum Supermarkt, um ihm Kevin Spacey zu zeigen, danach wollten wir ins Dorf. Mehr kannte ich ja auch nicht. Auf dem Weg erzählte Norman von seinem neuen Projekt. Dass er all die Neubauten fotografieren wolle, die auf der Insel wie Fehler aus der Landschaft ragten. Obwohl ich wusste, was er meinte, sah ich nicht, was daran interessant war. Was er damit beweisen wollte.

That the locals don't have space for themselves anymore, antwortete er, als wir vor dem Supermarkt standen.

I'm not sure this is really a new topic, gab ich zurück, und deutete auf Kevin Spacey, der gerade Wasserflaschen in einen Kühlschrank räumte: Doesn't he look like Kevin Spacey?

Yeah, but don't say that, sagte Norman.

What? Why?

Because Spacey is a bad man!

So is Hitler!, lag mir auf der Zunge, und trotzdem gab es doch Menschen, die aussahen wie er. Wobei mir niemand einfiel. Der Kater meiner Schwester? Franz war weiß und hatte ein schwarzes Bärtchen über dem Maul.

Norman ging nach drinnen, während ich Kaffee bei der dicken Frau trank. Der Aushang zu Kater Tommy hing immer noch neben ihrem Tresen. Sie lächelte mich an. Nach einer Weile bemerkte ich auch Paolos Nachbarn. Es war das rote T-Shirt. Der Mann kniete neben einer Mauer hinter dem Café und streichelte seinen Hund. Die Art, wie er das machte, passte nicht zu dem Gebrüll, das ich mit ihm verband. Und dass der Hund sich anfassen ließ, passte nicht zu seinem Gebell.

Zwei Wilde, die plötzlich sanft geworden waren?

Aus einem Impuls heraus ging ich hinüber zu ihnen.

Als Norman mit zwei vollen Tüten aus dem Markt kam, sagte ich: I have a better project for you.

Norman sah erst mich und dann Paolos Nachbarn an.

This is Dimitrios, sagte ich, and we will go hunting with him!

Hunting?, fragte Norman und stellte seine Einkäufe ab.

Hunting!, sagte Dimitrios, und damit erhob er sich und schüttelte Norman die Hand.

## 11

Der traurigste Geburtstag, den meine Schwester und ich miteinander verbrachten, war mein vierzigster. Wir hockten alleine zuhause und aßen schweigend Tiefkühltorte vor unseren Bildschirmen. Irgendwann fragte meine Schwester: Weißt du noch, wie du immer von diesem Haus gesprochen hast? Wie wütend du geworden bist, weil ich nicht wusste, was du meinst?

Ich war noch klein, als das Bild in meinem Kopf zum ersten Mal aufgetaucht war: ein Haus an der norddeutschen Küste, weiße Fassade, Reetdach, vor dem Grundstück Mohnblumen, dahinter ein Weizenfeld. Spätsommer, früher Abend, der Mond ist schon zu sehen. Eine Sichel, die am Himmel wartet.

Ich sah das alles deutlich vor mir, bis heute, nur weiß ich immer noch nicht, ob es diesen Ort gibt. Ob ich dort gewesen bin oder nur davon geträumt habe. Meiner Schwester sagte die Beschreibung nichts, ich erzählte ihr immer wieder davon, bis ich aufgab, ich wusste ja selbst, dass wir nie mit unseren Eltern an der Nordsee gewesen waren. Aber das Bild beruhigte mich. Wann war es aus mir verschwunden?

Erst mit der Pandemie schienen die Dinge wieder zurückzukommen. Orte, Fehler, Wünsche. Und Menschen. Caro aus Paris schrieb: *Entschuldigung, aber bist du eigentlich noch mit diesem schlimmen Schrift-*

*steller zusammen?* Ich war nie stolzer auf ein Nein. Und Andrea schickte plötzlich wieder alles, was ihm in den Sinn kam. Emojis, Videos, sein Abendessen. Er kam mir nicht mehr vor wie ein Mann, den ich einmal begehrt hatte. Es kam mir eher vor, als würde Andrea außerhalb meines Telefons gar nicht mehr existieren.

Vielleicht sagte ich deshalb zu, als er im Sommer fragte, ob die Einladung nach Berlin noch stehe.

Er kommt ja doch wieder nicht, dachte ich.

Am vierten Advent wartete Norman unten an der Straße neben Paolos Wagen auf mich. Er trug einen Hut. Es war einer dieser Sonnenhüte, die man in jedem Souvenirshop kaufen konnte, aber er hatte seinen mit Zweigen und Blättern geschmückt, sodass er aussah wie ein Tarnhut. Jedenfalls so, wie sich ein Kind einen Tarnhut vorstellt. Norman hielt mir einen zweiten hin. Thank you, sagte ich und überlegte, wie ich ihm klarmachen könnte, dass ich diesen Hut nicht tragen würde. Weder befanden wir uns im Krieg noch fuhren wir zu einer Safari. Wir wollten nur mit ein paar Hobbyjägern und ihren Hunden durch einen Olivenhain streifen. Doch noch bevor ich etwas sagen konnte, kam Paolo den Hügel herauf und klopfte zweimal fest auf die Motorhaube seines Jeeps.

No Italy for me this Christmas!

What happened?, fragten Norman und ich gleichzeitig.

Paolo deutete auf den rechten Scheinwerfer. Das Glas war zersplittert, das Blech verbeult.

Er berichtete, wie er am Morgen aus seinem

Grundstück gebogen war, als ihm die Frau des Schäfers in einem Pick-up entgegenkam. Paolo glaubte, dass sie ihn nicht rechtzeitig bemerkte, weil seine Hupe nicht funktionierte, da seien sie ineinander gefahren. Dabei habe ihn die Frau des Schäfers sehr wohl gesehen, wie sie ihm danach erklärt habe. Nur habe auch ihre Hupe nicht funktioniert, und damit hatten beide auf ihren toten Hupen herumgedrückt, während sie stur aufeinander zugefahren waren.

In Norman arbeitete es, das sah ich genau, aber ich wusste mittlerweile, dass man den Dingen hier nicht mit Logik beikam.

Ich fragte Paolo: What is wrong with you?

Es war genau das, was er brauchte, denn er schüttelte nur den Kopf und murmelte, I don't know, I don't know.

Ich verstand nicht, wieso dieser kleine Unfall die Reise zu seinem Bruder verhindern sollte, aber vielleicht brauchte er einen Vorwand? Ich konnte diesen Gedanken nicht zu Ende denken, denn Dimitrios, Paolos Nachbar, war mittlerweile vorgefahren. Er saß in einem Jeep, aber weil er sein rotes T-Shirt nicht trug, erkannte ich ihn nicht gleich. Hellblau stand ihm gut, nur konnte ich auch diesen Gedanken nicht zu Ende denken, denn Dimitrios hatte einen Wagen, dessen Hupe funktionierte.

Er drückte sie dreimal, obwohl er uns alle sah und wir ihn auch. So war das auf der Insel.

Die Angst, ignoriert zu werden, überwog am Ende den Impuls, mich bei Katja zu melden. Seit Elas Geburtstag ließ ich sie in Ruhe, nur zu Beginn der Pandemie fragte ich, ob sie telefonieren wolle. Wollte sie nicht. Als ich bald darauf kündigte und anfing für Ela zu arbeiten, erzählte ich nichts. Und als Andrea mich im Sommer so unerwartet besuchte, auch nicht. Und mit dem Kummer über diesen Besuch, ging ich dann eben nicht zu Katja, sondern zu meiner Schwester. Sie sagte: Es gibt einfach Menschen, in denen verheddert man sich!

Andrea hatte betont, ich bräuchte ihn nicht abzuholen. Natürlich war ich trotzdem nach Schönefeld gefahren, aber als ich ihn in der Ankunftshalle entdeckte, die müden Augen hinter der Maske, wusste ich, dass er sich nicht freute, obwohl ich seinen Mund nicht sehen konnte. Im Bus hielt er lustlos meine Hand und mied meinen Blick, ich dachte: Er möchte gar nicht hier sein. Er trug ein schwarzes T-Shirt, darauf das Guinness-Logo und ein exotischer Vogel, der ein Bier auf seinem gelben Schnabel balanciert. Es fühlte sich an, als wäre er ein anderer Mann. Andererseits: Wer war er denn? Wir hatten nur den gleichen Filmgeschmack und Sex gehabt.

Als wir in meiner Wohnung ankamen, wurde es nicht besser, obwohl er sofort anfing, mich zu küssen. Aha, dachte ich, da hätte er doch auch auf Sizilien bleiben können, es war ja nicht so, dachte ich, als würde es dort keine Frauen geben. Als ich ihm sein T-Shirt auszog und begriff, dass der stechende Schweißgeruch, den ich schon im Bus wahrgenommen hatte, wirklich von ihm kam, überlegte ich, ihn in die Dusche zu schicken, wollte ihn aber nicht in Verlegenheit bringen. Er kam, bevor wir richtig miteinander geschlafen hatten. Hinterher lag der Guinness-Vogel auf meinem Parkett und Andrea mit halb heruntergelassener Hose quer auf meinem Sofa. Und wie er da so lag, fing er an zu erzählen.

Er habe die Nacht davor durchgemacht, um sechs Uhr morgens hätten er und sein jüngerer Bruder noch versucht, eine Pizza zu backen. Er sei völlig betrunken zum Flughafen gefahren, vielleicht habe er deswegen nicht so lange durchgehalten?

Es klang weniger wie eine Erklärung, und es war ihm auch nicht peinlich, es klang eher so, als wäre er fasziniert von sich selbst. Von sich selbst und seinem wilden Leben, Pizza um sechs Uhr morgens!

In diesem Moment dachte ich, dass da ein erwachsener Mann in meiner Wohnung lag, der sich benahm wie ein Neunzehnjähriger. Mehrfach erwähnte er, er habe doch versprochen, mich einmal zu besuchen. Irgendwann hörte es sich für mich so an, als wäre er nur deswegen gekommen. Damit er eine Pflicht erfüllte. Sodass er endlich frei war.

Ich hatte nicht mehr das Bedürfnis herauszufinden, ob es da jemanden bei ihm gab, ich wollte nur mein Alleinsein zurück. Und wenn ich geglaubt hatte, dass Andrea mir noch einmal guttun würde, hatte ich mich eben geirrt.

Als er drei Tage später zurückflog, begleitete ich ihn nicht zum Flughafen.

Seine Erleichterung darüber war das Verletzendste.

What is this?, rief Dimitrios, als Norman und ich einstiegen. Aber bevor Norman antworten konnte, nahm Dimitrios ihm den Hut ab und warf ihn in den offenen Kofferraum zu seinem Hund, der sogleich anfing, fröhlich darauf herumzukauen.

He loves hats!, sagte er.

Er bot uns Ouzo an, nachdem er selber einen großen Schluck direkt aus der Flasche getrunken hatte.

No, thanks, sagte Norman.

Ich schüttelte den Kopf: Later!

Dazu kam es nicht.

Dimitrios, der trotz des Ouzos jede Kurve sicher nahm, fuhr uns eine halbe Stunde lang über die Insel. Er wollte uns ein großes Jagdgebiet zeigen, es lag hinter Steilklippen, die zum Meer abfielen. Sie waren beliebt bei Kletterern und erinnerten mich an eine Doku, in der ein Amerikaner ohne Absicherung einen Felsen im Yosemite-Nationalpark erklimmt. Ständig erklärt er dem Filmteam, dass er keine Angst vor dem Tod habe. Die Angst sieht man ihm nur an, als er mit seiner Freundin einen Kühlschrank kaufen soll. Die Freundin wiederum heult ständig, weil sie den Tod sehr wohl fürchtet, den ihres Freundes. Und der besitzt zu Beginn der Doku nicht mal einen Teller. Er lebt in einem Wohnwagen und isst sein Essen direkt aus der Pfanne. Deswegen der Kühlschrank, die erste eigene Wohnung, normales Leben.

Ich konnte mich nicht erinnern, ob er und die Freundin einziehen. Ich wollte Norman fragen, weil ich sicher war, dass er von diesem Freeclimber gehört hatte, aber ich ließ es bleiben. Ich hatte mich daran gewöhnt, über Dinge nachzudenken, ohne zu einem Ergebnis zu kommen. Wozu auch, gab es ein Preisgeld?

Als Dimitrios schließlich von der Straße abbog, standen auf dem Parkplatz schon andere Geländewagen, davor seine Jägerkumpels. Jeder schien mindestens zwei Hunde zu besitzen, der von Dimitrios wurde ungeduldig, denn wir stiegen nicht aus. Um die Jeeps herum parkten ein Krankenwagen und mehrere Polizeiautos, das gesamte Gebiet war abgesperrt. Dimitrios fluchte. Er stieg aus dem Wagen, um herauszufinden, was draußen los war. Ich glaubte, es schon zu wissen.

You think I can take pictures?, hörte ich Norman fragen.

I don't think so.

Das letzte Treffen mit Katja: Es war im Frühjahr. Nach einem Jahr Funkstille hatte ich doch wieder gefragt, keine Ahnung, wieso sie diesmal darauf einging. Warum sie nicht wieder auswich. Weshalb sie überhaupt reagierte.

Waren wir früher ins Kino gegangen, um danach etwas zu trinken, taten wir es jetzt, um nicht miteinander reden zu müssen. Es war ihre Idee, mir wäre ein Café lieber gewesen. Katja hatte eines dieser DDR-Dramen vorgeschlagen, die ich nicht ausstehen konnte. Und dass Lars Eidinger mitspielte, machte es nicht besser.

Eidinger ist in dem Film ein Wissenschaftler, der zur Stasi gezwungen wird und nicht glauben kann, wie fies die Stasi ist. Einmal tanzt er in einer pathetischen Szene zu Rio Reiser auf dem Balkon. Diese Szene allein ist schon ein Problem, das größere aber ist Lars Eidinger, denn Lars Eidinger spielt in jedem

Film irgendwann nicht mehr seine jeweilige Rolle, sondern sich selbst. Und in dieser Balkonszene, *all die Lügen geben dir den Rest / halt dich an deiner Liebe fest*, tanzt Lars Eidinger eben wie Lars Eidinger und nicht wie ein verklemmter Stasimann.

So was Ähnliches sagte ich nach dem Film jedenfalls zu Katja, worauf sie plötzlich stehen blieb und mich ansah.

Nervst du dich eigentlich nicht selbst?, fragte sie.

Fast noch schlimmer als dieser Satz war ihr Blick. In diesem Blick lag alles, was mir nicht klar gewesen war.

Da war nicht mal mehr Distanz.

Ich war Katja vollkommen egal geworden.

Und bevor ich reagieren konnte, lief sie davon. Ernsthaft, Katja lief davon und ließ mich stehen.

Das Treffen verstörte mich so sehr, dass ich niemandem davon erzählte. Dann, sagte ich mir, würde es eben so weitergehen. Katja hatte doch schon die ganze Zeit nicht mehr richtig zu meinem Leben gehört. Wem sollte denn noch auffallen, dass sie mich zum Kotzen fand?

Nur ich wusste es jetzt.

Norman und ich hockten auf der Rückbank wie Zuschauer. Draußen Hektik. Polizisten, Sanitäter, Männer wie Dimitrios, keine einzige Frau. Irgendwann stieg ich aus. Ich ging zu Dimitrios und fragte, was passiert sei, aber er schien mich nicht wahrzunehmen. Weil neben ihm ein Polizist stand, sprach ich den an. Er drehte sich zu mir um, Argwohn im Blick.

There's a woman missing in our apartment, sagte ich.

Das Gesicht des Polizisten veränderte sich.

A friend?

Ich versuchte zu erklären, was ich wusste.

Anders als in Berlin wurde hier keine große Sache darum gemacht, wer etwas wissen durfte und wer nicht. Die Polizisten schienen froh, dass sie endlich eine Spur hatten, auch wenn sie schon bei allen Hotels und Unterkünften auf der Insel angefragt hatten, ob eine Frau vermisst werde. Sie folgten uns auf dem Weg zurück zu Paolo, der ein Foto vom Pass der Amerikanerin gemacht hatte. Das reichte allerdings nicht. Es musste auch jemand die Frau, die von den Klippen gestürzt war, identifizieren. Paolo fuhr mit den Beamten weg.

Norman und ich setzten uns auf die Terrasse vor dem verwaisten Appartement der Amerikanerin. Wir wussten nicht, was wir sagen sollten, also sagten wir nichts. Ich hatte fast vergessen, dass es Menschen gab, mit denen man schweigen konnte. Es tat gut.

Irgendwann liefen wir runter zu Kevin Spacey und kauften Futter für die Katzen und eine Flasche Rotwein für uns. Als wir wieder am Tisch saßen, fragte Norman, wo ich arbeitete. Aus einem Reflex heraus antwortete ich: The House, it's a res-

The House?, unterbrach er mich, that residency where Knausgård was?!

Mit dem Schweigen war es wohl vorbei.

Yes, I mean, I worked there for almost twenty years, but I quit during the pandemic.

Did you work in the one in Italy? How was Knausgård?

No, they wanted a native speaker and gave me the Berlin section instead. It's not exactly Berlin, it's in Brandenburg, close by.

You didn't see Knausgård?

Well, I actually did, I went to Sicily for our yearly –

How is he?

Who?

Knausgård!

Oh, um. Beige?

Beige?

Gray, I mean gray, his hair is gray.

Norman sah aus, als müsste er darüber länger nachdenken.

Well, it's just a job, sagte ich. It was just a job.

Did you select the artists?

No, I did only a preselection for the jury, I was mostly organizing things, it wasn't so glamorous.

You didn't meet famous people all the time?

Ich dachte an den alten Mann aus Polen. Wie er drei Monate lang Vögel im Grunewald beobachtet hatte. Er war bald darauf gestorben, das Buch war nie fertig geworden.

Not exactly, no.

Oh, sagte Norman, okay.

Er nahm einen Schluck Rotwein.

But is it true that Jack Nicholson is in the committee?!

Es war dunkel, als ein Taxi Paolo zurückbrachte. Er blieb nur kurz bei uns stehen.

I don't want to talk about this!

Damit ging er hinunter zu seiner Wohnung.

Norman und ich sahen einander nicht an, sagten nichts. Nach einer Weile stand er auf und wünschte mir eine gute Nacht. Ich nickte ihm zu. Und blieb sitzen.

Die Nacht war klar, aber nicht kalt. Der Mond schien hell, und es war ganz still. Ich schloss die Augen, und mir fiel der Journalist ein, von dem Ela einst erzählt hatte, einer von denen, die in Talkshows sitzen und Sachbücher schreiben.

Sie hatte gerade am Gymnasium begonnen, als er in eine ihrer Klassen gekommen war. Jahre später, als sie Derek vermisste und glaubte, Kochen nach Farben mache glücklich, sah sie den Journalisten auf einem Kreuzberger Wochenmarkt wieder und sprach ihn an. Sie erzählte ihm, wie sehr er sie damals beeindruckt hatte und fragte, was er davon hielt, dass Merkel zum vierten Mal Kanzlerin werden wollte, und da lachte der Mann. Er lachte und antwortete, nichts auf der Welt sei ihm egaler als die deutsche Bundesregierung, die Arbeit als Reporter habe er vor ein paar Jahren aufgegeben, danach noch einige Monate lang Zeitung gelesen, aber auch die sei ihm irgendwann auf die Nerven gegangen, mittlerweile halte er sich von jeglichen Nachrichten fern, sei mit seiner Frau ins Umland gezogen, die verdiene als Ärztin genug Geld für sie beide. Ela war so erschüttert gewesen, dass sie sich schnell verabschiedet hatte. Dabei war der Mann nicht unfreundlich gewesen, auch nicht arrogant, er war nur so überzeugt von seiner Gleichgültigkeit gewesen, dass Ela es nicht ausgehalten hatte, ihm länger zuzuhören. In ihren Augen war er verrückt geworden, den Sinn seines Lebens aufzugeben, und sie fragte mich: Wenn etwas, das einmal alles für einen war, irgendwann total egal ist, was ist dann überhaupt noch wichtig?

Ich hatte eigentlich nach Italien fliegen wollen, nicht nach Griechenland, nicht auf die Insel. Ich hatte mir Rom zurückholen wollen, mein Rom, wo ich zuletzt mit Andrea gewesen war. Ich hatte einen Flug gebucht, und Ela, im vierten Monat schwanger, hatte mir freigegeben.

Schon bei der Gepäckkontrolle dachte ich, dass ich lieber umkehren würde, zurück in meine Wohnung. Am Gate war kein Sitzplatz mehr frei, also blieb ich stehen und beobachtete die Menschen. Mein Blick blieb an einer Mutter und ihrem kleinen Sohn hängen, fünf oder sechs Jahre alt. Er zerrte an ihr und quengelte, er wolle was Süßes. Die Mutter reagierte nicht. Irgendwann nahm der Junge ihr Gesicht zwischen seine kleinen Hände, *per favore!, dolci!, Mamma!* Und in dem Moment war er kein Kind mehr für mich. Auf einmal sah ich in dem kleinen Jungen den Mann, der einmal aus ihm werden würde. Ich sah Andrea, Simon, meinen Vater, und ich hatte plötzlich keine Lust mehr nach Rom zu fliegen.

Ich fuhr zurück in die Stadt, aber ich spürte keine Erleichterung. Etwas nagte weiter an mir, und ich weiß nicht mehr, woher der Gedanke kam, nur dass er da war, dass ich ein Bild im Kopf hatte, dass ich Katja sah. Mit Andrea.

Und dass das Sinn machte. Wie ein Schlüssel, der endlich ins Schloss passt, nachdem man es vorher unzählige Male versucht hat.

Als Andrea nach Berlin gekommen war, hatte er zwei Frauen auf einmal besucht. Er war nicht zurückgeflogen, als ich ihn zum Bus gebracht hatte, sondern umgekehrt, zu Katja. Wir hatten ihn gleichzeitig kennengelernt, woher wollte ich wissen, dass nicht auch sie ihm ihre Nummer zugesteckt hatte? Fast euphorisch lief ich zu meiner Wohnung.

Aber zuhause wurde ich unsicher. Seit dem Kinobesuch hatten Katja und ich einander ignoriert, ein halbes Jahr war das her. Ich hatte sie ein paarmal auf der Straße gesehen und war jedes Mal in eine andere Richtung gelaufen. Ich hatte abgeschlossen, war fertig mit ihr. Aber war ich das wirklich? Es gibt Menschen, in denen verheddert man sich, hatte meine Schwester über Andrea gesagt. Aber hatte ich mich nicht vielmehr in Katja verheddert?

Ich schlief ein paar Stunden, und als ich aufwachte, wollte ich Ela anrufen. Sie hatte schon geschrieben und gefragt, ob ich gut in Rom angekommen sei. Würde sie mich für unzurechnungsfähig halten, wenn ich erzählte, dass ich nicht gefahren war, weil mich ein Kind aus der Fassung gebracht hatte?

Ich nahm lieber ein Bad. Ich versuchte mich zu sortieren. Katjas Zweitschlüssel. Ich würde rübergehen, ohne Ankündigung, einfach rübergehen und eine einzige Frage stellen: Was bitte ist zwischen uns passiert?

Das würde ich tun, und dass sie nicht zuhause

wäre oder Gustav bei ihr, das schloss ich aus. Ich zog mich an und verließ die Wohnung.

Es war inzwischen Abend, schon dunkel. Unten auf der Straße war ich dann doch nicht so mutig. Aber hungrig. Ich lief zum Zickenplatz und bestellte eine Pizza, die ich ein paar Stunden später in Elas Klo kotzen sollte, und das war noch das Beste an diesem Tag gewesen. Dass mir endlich jemand gesagt hatte, was ich tun sollte. Dass Ela gesagt hatte, ich solle zu ihr fahren. Und mich dann nach Griechenland geschickt hatte, zu Paolo und seinem *ganz tollen Mokka*.

In der Pizzeria beschloss ich endgültig, dass es verrückt war, einfach so zu Katja zu gehen. Ich bezahlte und ging stattdessen über die Schönleinstraße Richtung Kottbusser Damm, einmal um den Block, zurück zu mir. Ich war noch nicht lange unterwegs, als mir die Bar auffiel. Ich hatte sie schon fast passiert und blieb stehen, weil ich durch das Fenster jemanden bemerkt hatte. Simon?

Ich ging zwei Schritte zurück und schaute durchs Fenster.

Tatsächlich. Simon.

In der Bar saß Simon, und er saß dort mit Katja.

Der Laden war halb leer. Katja und Simon saßen an einem Tisch, und sie waren einander zugewandt.

Sie küssten sich wie Kinder.

## 12

Du träumst schon wieder, sagte meine Schwester oft.

Du denkst zu viel, sagte sie.

Geh doch mal raus an die frische Luft, sagte sie.

Das gibt später Falten, wenn du die Augen so zusammenkneifst, sagte meine Mutter.

Pro Tag nur eine Frage, sagte mein Vater.

Jetzt nicht, sagte meine Mutter.

Später, sagte mein Vater.

Wenn ich an früher denke, sehe ich immer nur mich und meine Schwester. Als wären unsere Eltern Randfiguren gewesen, Schemen im Hintergrund, leicht verschwommen, blass. Es war meine Schwester, die sich um mich gekümmert hatte.

Ich konnte nur einschlafen, wenn ich am Himmel den Mond gesehen hatte, also stellte sie sich mit mir ans Fenster, um ihn zu suchen. Und wenn wir zusammen hinaus in die Nacht deuteten, stand sie so nah bei mir, dass ich das Muttermal in ihrer linken Ohrmuschel sehen konnte. Es war groß und gleichförmig rund, ein perfektes Muttermal.

Meine Schwester sprach nie wieder von der Frau, die ihr das Herz gebrochen hat, aber ich denke oft an sie. Dass diese Frau eine Närrin gewesen war, meine Schwester ziehen zu lassen, meine Schwester und ihr perfektes Muttermal.

Man kann so wenig ändern, auch wenn man alles begriffen hat.

Als meine Schwester das gesagt hatte, hatte sie wohl schon geahnt, wie die Geschichte enden würde. Und ich hatte keine Ahnung gehabt. Ich hatte geglaubt, sie meint unsere Eltern.

Kurz vor Weihnachten ging ich zu Kevin Spacey hinunter. Dort kauften mehr Leute ein als sonst, ein paar standen zusammen und tuschelten. Ich war sicher, dass es um die verunglückte Amerikanerin ging, und musste plötzlich an Ela denken. An die alte Ela, die Liebeskummer-Ela, die Derek-Ela. Wie verloren sie damals gewesen war. Mir fiel wieder das Tattoo ein, das sie sich in dem Sommer, in dem wir ständig ins Schwimmbad gefahren waren, hatte stechen lassen, wie viel Prügel sie von mir und Katja dafür kassiert hatte. Ich hatte das völlig vergessen. *Zuhause* hatte sie sich auf den Fußrücken tätowieren lassen, in Schreibschrift. Wo immer Ela seitdem stand, sie war zuhause.

Dann ist der Weltfrieden nur noch ein esoterisches Tattoo entfernt?, hatte ich gefragt.

Ela, bitte, hatte Katja gelacht, mit dir kann man sich ja nicht mal mehr in Oberschöneweide zeigen!

Ich stand in diesem griechischen Supermarkt und schämte mich.

Ich sah wieder zu dem Grüppchen hinter der Kasse. Natürlich wussten mittlerweile alle Bescheid, dass eine junge Touristin aus Los Angeles betrunken von den Klippen gestürzt war. So was kriegte auf einer Insel jeder mit, und danach wurde es jahrelang erzählt, bis es verblasste.

Kevin Spacey sah mich beim Bezahlen länger an als sonst, und ich hatte das Gefühl, er wollte etwas fragen.

Aber er fragte nichts.

Als ich zum Haus zurückkam, fand ich Paolo und Tania im Stall bei Arabella. Ich bot an, ihnen zu helfen, aber sie waren schon fertig mit Ausmisten. Tania sah ich an, dass sie mittlerweile wusste, was geschehen war. Paolo wirkte immer noch nicht sonderlich gesprächig. Ich bat ihn trotzdem, mir einen Kaffee zu machen, ich wollte nicht allein sein.

Er ging mit mir nach nebenan, aber bevor ich etwas sagen konnte, stellte er klar, dass er nicht über die Amerikanerin reden werde. Ihm reiche, was er am Abend zuvor gesehen habe.

Sure, sagte ich.

The father will pick up her stuff in January.

Ich nickte.

Paolo widmete sich dem Espressokocher, ich sah mich um. Und entdeckte den Bestseller des Schotten, neben der Biografie von Anthony Bourdain, dem Starkoch, dem Selbstmordkoch. Beide Bücher standen in einer Weinkiste, die an die Wand genagelt war. Ich nahm das Porridge-Buch heraus.

Did you read this?!

Paolo winkte ab. Carlotta, sagte er.

Er stellte den Kaffee beiseite und erwärmte die Milch. Ich sah erst jetzt, dass das Buch auf Schwedisch war, es hatte das gleiche Cover wie im Deutschen. Ein langer Holztisch im Abendlicht, darauf Schüsselchen mit Haferschleim. Eine Schüssel war zerbrochen, aus einer lief die ganze Grütze heraus. Das Buch hieß auf Deutsch: *Korn für Korn*.

Paolo nahm es mir aus der Hand und wedelte damit vor meinem Gesicht herum.

Every morning porridge, she said, you have to eat porridge, she said, porridge is good for your digestion!, she said. A woman who wants to tell you how to shit!, rief er.

Don't you think Norman has a strange haircut?, fragte ich, um ihn abzulenken.

His sister got a baby, that's why!

Er klang fast ein bisschen stolz, weil er den Schalter so schnell umlegen konnte. Von Carlotta zu Norman.

What?, fragte ich.

Er krempelte die Ärmel wieder hoch, innerlich.

Norman, erzählte Paolo, habe gerade bei einem Friseur in einem abruzzischen Dorf gesessen, als sein Handy geklingelt habe. Am anderen Ende der Leitung sei Normans Schwester gewesen, die ihm endlich seinen Neffen vorstellen wollte, der war mittlerweile sechs Monate alt. Norman hatte bereits die Geburt verpasst, weil er nach Europa geflogen war, und seitdem sei es unmöglich gewesen, einen Moment zu finden, an dem Normans Schwester Lust hatte, mit Norman zu reden, das Baby nicht weinte, Norman ausreichenden Empfang für einen Videocall hatte und die Zeitverschiebung passte. In den Abruzzen war der Moment nun gekommen, allerdings war der Friseur erst mit der linken Hälfte von Normans Kopf fertig gewesen.

And he couldn't go back?

His sister made him talk two hours.

And he couldn't go the next day?

A Sunday.

And the day after that?

No hairdresser works on a Monday. Every child knows that.

Am Dienstag war Normans Flug von Rom nach Athen gegangen.

You should write a book.

A book?, fragte Paolo.

About all these people here. All your crazy stories. The rooster. Everything!

Paolo grinste. Er schien darüber nachzudenken.

And what would I write about you?

Bevor ich antworten musste, kam Tania, weil sie bei Arabella Hilfe benötigte.

Am 23. rief ich nochmal meine Schwester an. Diesmal nahm sie meine Entschuldigung an, dafür, dass sie allein zu unseren Eltern fahren musste. Im letzten Jahr hatten wir Weihnachten gemeinsam hinter uns gebracht.

Ich mach es kurz, sagte sie, ich bleib nicht zum Essen.

Würd ich auch nicht.

Und du?, fragte sie. Feiert ihr in eurer Hippiekommune?

Ich wusste es nicht. Ich hatte mich nicht getraut, Paolo danach zu fragen. Nachdem wir aufgelegt hatten, suchte ich nach Flügen nach Athen, halbherzig, sie waren so teuer, und ich war so müde. Was sollte ich auch Weihnachten in Athen?

Ich schrieb Ela endlich zurück und wünschte ihr frohe Feiertage, ihr und Matthias, und dass alles gut werden würde mit dem Kind. Es sollte Ende März zur Welt kommen, und ich hoffte inständig, dass es mehr als vier Outfits pro Jahreszeit bekommen und nicht als Minimalist aufwachsen würde, aber das musste ich ihr so direkt ja nicht sagen. Es war ein Abschied, ich wollte sie nicht wiedersehen, ich wollte niemanden von ihnen wiedersehen, Ela nicht, Matthias nicht, Katja nicht, Simon nicht. Nur um Gustav war es schade. Aber dann hakte ich auch diesen Gedanken ab. Was wusste ich schon von ihm?

Wahrscheinlich war er nicht mal depressiv.

An Heiligabend klopfte Norman. Ich hatte gerade geduscht und war unschlüssig, wie ich den Tag verbringen sollte. Norman reichte mir eine Flasche Champagner: I mean, it's Christmas!

It's noon!

But it's Christmas!

Gegen vierzehn Uhr war die Flasche leer und wir betrunken.

And now?, fragte ich.

We buy another one, sagte Norman.

And then?, fragte ich.

We visit the others, sagte Norman.

Der Spaziergang runter zu Kevin Spacey nüchterte uns ein wenig aus, aber nicht genug, und so geschah es, dass wir mit unseren Sachen an der Kasse standen und ich zu Kevin Spacey sagte: You know you look like Kevin Spacey?

Kevin Spacey sah mich ausdruckslos an, ungefähr so wie Kevin Spacey einhundertzweiundzwanzig Minuten lang in *American Beauty*. Er scannte unseren Champagner, den Weißwein, die Pistazien, die Oliven. Dann zog er Normans Kreditkarte durch sein Kartenlesegerät und fragte: So this is Hollywood?

With a little fantasy?, sagte ich.

And without?, fragte Kevin Spacey.

Then it's just a supermarket, sagte ich.

A supermarket where Kevin Spacey works, sagte Norman.

So you want an autograph or what?

Kevin Spacey fragte das alles, ohne eine Miene zu verziehen, aber wir spürten, dass er grinste, er leuchtete sozusagen von innen.

How about a picture?, fragte Norman.

How about a picture, wiederholte Kevin Spacey, während er sich umdrehte. Und als er sich umgedreht hatte, rief er: Estefania!

Dann kam die dicke Frau aus dem Café, nahm Normans Kamera und machte ein Foto von Kevin Spacey, Norman und mir. Dann nahm Sakis, der dreizehnjährige Sohn von Estefania, Normans Kamera und machte ein Foto von seiner Mutter, Kevin Spacey, Norman und mir. Dann schenkte Estefania vier Ouzo ein, ich rief: To Tommy the cat!, und wir tranken und wünschten einander frohe Weihnachten.

This wasn't so bad, sagte Norman auf dem Rückweg.

He really looks like Kevin Spacey, sagte ich.

He does, sagte Norman.

And sure he's a bad guy, but *American Beauty* is a great movie!

Who is Tommy the cat, sagte Norman.

A famous cat.

He lives on the island?

I think so.

You think I can take pictures?

I don't think so.

Are you drunk?, fragte Paolo, als wir wieder oben waren. Er stand neben seinem Geländewagen vor dem Haus.

Just a little, antwortete Norman.

We took a picture with Kevin Spacey, sagte ich.

Kevin Spacey, eh?

Aber mehr wollte Paolo gar nicht wissen. Ich mochte das an ihm: dass Dinge einfach so im Raum stehen bleiben konnten. Ich hatte ihm immer noch nicht verraten, dass ich Italienisch sprach, und in dem Moment wusste ich, dass ich es auch nicht mehr erzählen würde. Nach all den Wochen würde es sich anfühlen, als hätte ich ihn die ganze Zeit belogen.

Listen, we celebrate Christmas tonight!

Paolo klang, als wären wir zwei Kinder, die sich dringend noch waschen mussten.

Und Norman sagte, einem Kind nicht unähnlich: Why not now?

Weihnachten 2021 auf dieser griechischen Insel: Es war eine Feier, bei der es um nichts ging, weil wir wussten, dass wir einander nie wiedersehen würden. Aber es war nicht dieses gleichgültige Wissen wie in Berlin, wo man einander auch nie wieder traf. Es war wärmer, weil wir zumindest ein bisschen was voneinander gesehen hatten, weil wir zumindest eine Ahnung davon hatten, wer die anderen sein könnten.

Wir fingen mit dem Trinken an und vergaßen darüber das Essen. Irgendwann sprach Paolo zwar von Nudeln, aber er kam nur dazu, einen Topf auf seine Herdplatte zu stellen, das Wasser darin verdampfte, bis Yannis den Stecker zog. Yannis war der Freund von Tania, ein schmaler Mann, zu dem Norman immer wieder hinüber sah, bis ich begriff. Natürlich machte das Sinn, und mir fiel eine Stelle bei Ingeborg Bachmann ein, eine aus *Simultan*.

Eine Dolmetscherin fährt mit einem verheirateten Mann nach Kampanien. Der Mann arbeitet für die Vereinten Nationen in Rom, er ist Österreicher, so wie die Dolmetscherin Österreicherin ist, der Mann ist ein bisschen gleichgültig und die Frau ziemlich kapriziös, beide haben zu viel von der Welt gesehen, um sich noch von etwas beeindrucken zu lassen. Vor allem die Frau ist so müde. Irgendwann denkt sie: *und immer diese Männer mit ihren Wichtigkeiten und ihren Witzen zwischen den Wichtigkeiten, die entweder verheiratet und aufgedunsen und betrunken waren oder zufällig schlank und verheiratet und betrunken oder ganz nett und arg neurotisch oder sehr nett und homosexuell, sie dachte da besonders an Genf.*

Ich überlegte, ob eine Freundschaft mit Norman

über diesen Abend hinaus möglich sein würde, und fragte mich, wieso ich noch nie in Genf gewesen war. Ich hoffte, dass eine Freundschaft mit Norman möglich war. Ich glaubte nicht daran.

Wir tanzten, jeder für sich und alle zusammen, wir hörten Guns N'Roses und »Take My Breath Away«. Ich wollte Tania erklären, dass Tom Cruise in *Top Gun* wirklich hot gewesen war, allerdings nicht so sehr wie die Frau, um die er sich bemühte, und dass das moderne Liebesleben von solchen Filmen korrumpiert worden war, weil alle glaubten, es müsse genau so ablaufen. Aber Männer holten einen nicht mit dem Motorrad ab, um in Sonnenuntergänge zu fahren, und wenn, dann sahen sie nicht aus wie Tom Cruise.

Tania sagte: Yannis has a motorcycle.

Sie fragte: Which one is Tom Cruise again?

Sie fragte: *Top Gun* is a movie?

Sie fragte: What is it about?

Ich antwortete: Very fast airplanes!

Schließlich legte Paolo das unvermeidliche »Kingston Town« von UB40 auf, aber nicht einmal mehr Reggae ging mir noch auf die Nerven, mir ging gar nichts mehr auf die Nerven. In meinem Kopf ergab alles Sinn, die Welt war weicher und schärfer zugleich, und als ich irgendwann die leeren Gläser auf Tanias Tisch betrachtete und mir wieder einfiel, dass vor Katja und Simon in dieser Bar ja auch zwei Weingläser gestanden hatten, dass vor Simon ein leeres Weinglas gestanden hatte, vor Simon, dem nüchternen, kontrollierten, perfekten Simon, da konnte ich gar nichts mehr ernst nehmen.

Er war einfach ein anderer Mensch geworden.

Ich sah zu, wie sie durch Tanias kleines Studio tanzten, Paolo und Tania und Yannis und Norman, und Axl Rose sang direkt zu mir, *nothin' lasts forever / and we both know hearts can change.* All die Gespräche, die ich geführt hatte. Mit Ela und mit Katja, mit irgendwelchen Männern und mit Simon, mit meinen Chefs und mit meinen Kollegen, mit all den Künstlern, auf Deutsch und auf Englisch und auf Italienisch, wie wir einander immer wieder erzählt hatten, wer wir sind und warum wir sind, wer wir sind und welche Leben wir führen und warum wir diese Leben führen, und wie viel Bestätigung, Zuspruch, Applaus wir gebraucht hatten, wie empfindlich wir gewesen waren, wie ernst wir uns genommen hatten. Wozu?

Wir stießen an, und ich dachte an meine Schwester. Ein Künstler, was soll das sein? Wenn, dann sind wir alle Künstler!

Wir stießen an, und ich dachte an Max Frisch. Max Frisch, dachte ich, hatte einmal etwas mit einer jungen Frau und stellte dann fest, dass er auch schon mit der Mutter dieser jungen Frau etwas gehabt hatte.

Wir stießen an, und ich wusste nicht mehr, ob das der Inhalt von *Homo Faber* war oder ob das in Frischs Wikipedia-Eintrag gestanden hatte, und je länger ich darüber nachdachte, desto verwirrter war ich.

Wir stießen an, und ich dachte über das Lügen nach. Dass beim Lügen immer so ein seltsames Vakuum mitschwingt, dachte ich.

Wir stießen an, und ich dachte an Deutschland. Deutschland, dachte ich, ist ein Land, in dem man bei Tempo 200 in den Sitz gedrückt wird, um gleich darauf zu sterben.

Wir stießen an, und ich dachte an meine Eltern.

Wir stießen an, und ich dachte an Homer Simpson.

Wenn etwas, das einmal alles für einen war, irgendwann total egal ist, was ist dann überhaupt noch wichtig?

Duff Beer, würde Homer antworten.

Den ersten Weihnachtsfeiertag verschlief ich. Am zweiten war mir immer noch schlecht, aber ich konnte nicht mehr schlafen, und an Essen war nicht zu denken. An Lesen auch nicht. Ich schlug den Tag mit Filmen tot und begann mit einem italienischen, in dem sich eine komplette Schulklasse mit einem Insektenschutzmittel umbringt.

Der Hauptdarsteller findet seine toten Kinder vornübergebeugt am Frühstückstisch. Er spricht sie an, aber sie antworten nicht, er denkt, sie schlafen, aber sie schlafen nicht. Wie seine Augen aus den Höhlen treten, als er begreift. Wie sein Kiefer verkrampft, seine Hände, sein Körper. Und dann geht er: zurück ins Bett.

Zurück ins Bett!

Danach schlug mein Computer *Christiane F.* vor, vielleicht wegen der Kinder.

Berlin war so grau, ich schlief immer wieder ein. Nur zwei Szenen blieben hängen. Szene 1: Eine endlose U-Bahn-Fahrt zum Bahnhof Zoo, mal durch Tunnel, mal durch Nebel. Szene 2: Christiane und ihr Lover Detlef machen kalten Entzug. Irgendwann erbricht Christiane das Methadon aus ihren Nasenlöchern, während Detlef sich gerade ein wenig richtigen Stoff reinziehen will, das lässt er dann.

Ich überflog alte Kritiken und neue. In den neuen verstanden die Leute nicht, warum David Bowie sich für diesen schwulenfeindlichen Film hergegeben hatte. Weil ich ständig eingeschlafen war, hatte ich allerdings sowohl David Bowie als auch die Schwulen verpasst.

Es war deprimierend. Um alles wieder zu vergessen, schaute ich noch *Ein Fisch namens Wanda*. Anschließend las ich im Internet, dass 1989 ein Däne gestorben war, während er den Film ansah. Dass Lachen einen Herzinfarkt auslösen könne, stand da.

Beim Lachen kann man sterben, dachte ich, das sollte ich Katja vielleicht noch schreiben. Beim Lachen kann man sterben, dachte ich, das sollte ich vielleicht *allen* schreiben.

Am dritten Tag nach unserem kleinen Fest hatte ich das Gefühl, meine Sinne wieder beisammenzuhaben, meine Sinne und meinen Appetit. Ich aß die Reste des Weihnachtseinkaufs und brach zu einem Spaziergang auf. Es war sonnig und mild, und meine Zeit in Berlin, das wusste ich jetzt, war vorbei.

Ich entschied mich, einen Flug nach Athen zu buchen, ich wusste nur noch nicht, ob noch in diesem oder im neuen Jahr.

Als ich wieder beim Haus angekommen war, stand Paolos Wagen in der Sonne, und von irgendwoher hörte ich ein Wimmern. Nach einer Weile fand ich die Quelle und wich sofort zurück. Am liebsten wäre ich davongerannt. Eines der Kätzchen lag hinter einem Busch, blutig und zuckend. Ich dachte sofort, dass es nur die Hinkende sein konnte, ein anderes Tier musste sie angefallen haben.

Ich hätte Paolo suchen können oder Tania oder Norman, aber ich rannte hinauf in meine Wohnung und holte ein Handtuch. Damit kehrte ich zurück zur Katze, schob sie hinein und lief mit ihr zu der blauen Tonne neben Arabellas Schuppen. Darin war das Wasser, von dem sie trank. Ich hielt das Handtuch oben zusammen und tauchte es in die Tonne. Das Kätzchen wehrte sich kaum, man hörte auch fast nichts. Und dann hörte man gar nichts mehr.

Ich zog das Handtuch heraus. Es tropfte, und ich verstand nicht, was ich da gerade getan hatte, als ich Paolo bemerkte.

Er stand nur ein paar Meter entfernt.

Brava, rief er zu mir rüber, it's better for her. Brava!

Der Mann, der mich zurück zum Flughafen fuhr, war derselbe, der mich gebracht hatte. Ich erkannte ihn am Pferdeschwanz. Es stellte sich heraus, dass er auch der Postbote der Insel war. Paolo hatte keinen Briefkasten. When I get mail, Nikos calls, I go to town, we have a beer, then he gives me my mail, sagte er. Nikos nickte: No mail for Paolo today!

Im selben Moment fuhr Dimitrios in seinem Jeep vor. Auch er hatte keinen Briefkasten. Nikos überreichte ihm seine Post, und es war irgendwie beruhigend, die drei so miteinander zu sehen. Wie das Fährschiff jeden Abend. Als gäbe es doch noch irgendeine Art von Ordnung. Als wäre nicht alles verloren.

So you text me?

Norman war heruntergekommen.

I will!

Wir umarmten einander. Ich nahm mir vor, ihm einen Platz in der Villa zu verschaffen. Leute kannte ich noch genug.

This is everything?

Nikos deutete auf meine Tasche.

She's a minimalist, sagte Paolo.

Dann saß ich im Taxi. Norman winkte, Paolo nicht. Paolo war einer, der mit dem Gartenschlauch winkte, falls er gerade einen zur Hand hatte, und in dem Moment wurde mir klar, dass er wegen mir nicht zu seinem Bruder nach Catania geflogen war. Die Erkenntnis kam so plötzlich, dass mir heiß wurde.

Je weiter wir fuhren, desto weniger wusste ich, wozu. Als Nikos vor dem Flughafen parkte, war ich kurz davor zu sagen, dass ich es mir anders überlegt hatte. Hatte ich mir nicht auch geschworen, nie wieder zu fliegen?

Ich stieg aus.

Im Terminal war es so voll, dass man kaum glauben konnte, dass die Welt sich immer noch in einer Pandemie befand. Ich weiß nicht, wie viel Zeit nach der Gepäckkontrolle verging. Aber irgendwann fand ich es lustig, wie oft mein Name ausgerufen wurde. Wie nett die Griechen sind, dachte ich. Sie geben sich so viel Mühe, einen bescheuerten deutschen Namen richtig auszusprechen. Immerhin war ich nicht die Einzige, die nicht am Gate erschienen war. Doch die

Geduld der Griechen schien unermesslich. Den ersten *final call* hatte ich noch geglaubt, aber die freundliche Lautsprecherstimme hatte mittlerweile zum fünfzehnten Mal den *final call for Athens* ausgerufen. Ich malte mir den Hass der Menschen aus, die im Flieger auf mich warten mussten. Und irgendwann war mein Flug von der Anzeige verschwunden.

Ich schlenderte zum Ausgang, aber bevor ich nach draußen ging, warf ich zwei Euro in Mr Seed, den Automaten mit dem Pflanzensaatgut. Wieder Blumensamen. Die würde ich meiner Schwester als Neujahrsgruß schicken, ihr und ihrem Kater Franz.

Draußen nahm ich ein neues Taxi, ein Taxi zum Hafen.

Die Sonne ging gerade unter, als ich an Bord der Fähre stieg, vielleicht war es nicht dieselbe, die ich drei Monate von Paolos Terrasse aus beobachtet hatte, vielleicht schon.

Ich wartete an der Reling, bis wir nach Athen ablegten, und als wir losfuhren, blieb ich noch eine ganze Weile stehen. Ich sah hinunter zu all den Leuten am Ufer, und ich dachte: Menschen, die vorbeifahrenden Schiffen winken.

Es müssen hoffnungslose Optimisten sein.

# Verwendete Zitate

Das erste Motto stammt aus dem Buch *Die Macht der Affäre* von Esther Perel (Harper Collins, 2019). Perel zitiert Zygmunt Bauman nach *Liquid Love*, Polity Press, 2003.

Das zweite Motto stammt aus dem Buch *Im Vertrauen* von Domenico Starnone, Wagenbach, 2021.

Kapitel 7: *And suddenly she longed for such solitude, like a child who has become overexcited at a party, and who should have been taken home, by a prudent nurse, some time ago.* Zitiert nach Anita Brookner, *Hotel du Lac*, Penguin, 1984.

Kapitel 11: *all die Lügen geben dir den Rest / halt dich an deiner Liebe fest.* Zitiert nach Ton, Steine, Scherben, »Halt dich an deiner Liebe fest«, 1975.

Kapitel 12: *und immer diese Männer mit ihren Wichtigkeiten und ihren Witzen zwischen den Wichtigkeiten, die entweder verheiratet und aufgedunsen und betrunken waren oder zufällig schlank und verheiratet und betrunken oder ganz nett und arg neurotisch oder sehr nett und homosexuell, sie dachte da besonders an Genf.* Zitiert nach Ingeborg Bachmann, *Simultan*, Sämtliche Erzählungen, Piper, 2017.

*nothin' lasts forever / and we both know hearts can change.* Zitiert nach Guns N'Roses, »November Rain«, 1992.